Gabriella Wollenhaupt

Grappa und die Fantastischen Fünf

Kriminalroman

W0471403

grafit

Die Autorin

Gabriella Wollenhaupt, Jahrgang 1952, arbeitet als Fernsehredakteurin in Dortmund.

Als Kriminalschriftstellerin debutierte sie im Frühjahr 1993 mit *Grappas Versuchung*. Es folgten *Grappas Treibjagd*, *Grappa macht Theater*, *Grappa dreht durch*, *Grappa fängt Feuer*, *Grappa und der Wolf* und *Killt Grappa!*.

Die Personen

(in alphabetischer Reihenfolge)

Anton Brinkhoff verliert kurz den Überblick

Maria Grappa läßt sich reinlegen

Peter Jansen sehnt sich nach Ruhe

James Kossmann liebt Violinmusik

Dr. Hasso Klima schnüffelt am falschen Platz

Thilo May hebt einmal zu viel ab

Leon Pirelli ist zart besaitet

Lena Pirelli spielt nur eine Rolle

Mustafa »Solo« Rotberg ist sentimental

Ali Tabibi erreicht das Paradies

Mamoud Tabibi gibt Prozente

Erinnerung ist das einzige Paradies, aus dem wir nicht vertrieben werden können.

Jean Paul

GrafiTäter & GrafiTote

Ard u.a.: Der Mörder kennt die Satzung nicht - Der Mörder würgt den Motor ab - Der Mörder bittet zum Diktat - Der Mörder kommt auf sanften Pfoten - Der Mörder kommt auf Krankenschein - Der Mörder bricht den Wanderstab - Der Mörder packt die Rute aus - Der Mörder schwänzt den Unterricht - Der Mörder zieht die Turnschuh an - Der Mörder bläst die Kerzen aus - Der Mörder ist immer der Gärtner • Die Meute von Hörde • *Leo P. Ard/Michael Illner:* Flotter Dreier - Gemischtes Doppel • *Leo P. Ard/ Reinhard Junge:* Der Witwenschüttler - Meine Niere, deine Niere - Die Waffen des Ekels - Das Ekel schlägt zurück - Bonner Roulette • *Dorothee Becker:* Mord verjährt nicht - Der rankende Tod • *Jacques Berndorf:* Eifel-Feuer - Eifel-Schnee - Eifel-Filz - Eifel-Gold - Eifel-Blues • *Horst Bieber:* Kaiserhof • *Horst Eckert:* Aufgeputscht - Bittere Delikatessen - Annas Erbe • *Christoph Güsken:* Schaumschlägers Ende - Bis dann, Schnüffler • *Harald Irnberger:* Das Schweigen der Kurschatten - Geil - Stimmbruch - Richtfest • *Andreas Izquierdo:* Jede Menge Seife - Das Doppeldings - Der Saumord • *Reinhard Junge/Leo P. Ard:* Das Ekel von Datteln • *Reinhard Junge:* Totes Kreuz - Klassenfahrt • *Jürgen Kehrer:* Das Kappenstein-Projekt - Bären und Bullen - Spinozas Rache - Schuß und Gegenschuß - Wilsberg und die Wiedertäufer - Kein Fall für Wilsberg - Killer nach Leipzig - Gottesgemüse - In alter Freundschaft - Und die Toten läßt man ruhen • *Agnes Kottmann:* Tote streiken nicht • *Leenders/Bay/ Leenders:* Clara! - Feine Milde - Jenseits von Uedem - Belsazars Ende - Königsschießen • *Fabian Lenk:* Schlaf, Kindlein, schlaf - Brandaktuell • *Hartwig Liedtke:* Scharfe Schnitte - Tod auf Rezept - Klinisch tot • *Reiner Nikula:* Laurins Garten - Tödliches Schach - Ein Stückchen Hirn • *Theo Pointner:* Scheinheilige Samariter - Tore, Punkte, Doppelmord • *Werner Schmitz:* Mord in Echt - Nahtlos braun - Dienst nach Vorschuß - Auf Teufel komm raus • *Gabriella Wollenhaupt:* Grappa und die fantastischen Fünf - Killt Grappa! - Grappa und der Wolf - Grappa fängt Feuer - Grappa dreht durch - Grappa macht Theater - Grappas Treibjagd - Grappas Versuchung

grafit

az_krim1/0197.cdr5

© 1997 by GRAFIT Verlag GmbH
Chemnitzer Str. 31, D-44139 Dortmund
Internet http://www.grafit.de
e-mail grafit@knipp.de
Alle Rechte vorbehalten.
Umschlagfoto: Stephan Schütze
Druck und Bindearbeiten: Fuldaer Verlagsanstalt
ISBN 3-89425-076-3
1. 2. 3. 4. 5./99 98 97

Niemals schöne Bilder

Der Fotograf war ein kleiner, magerer Kerl mit Wieselgesicht, der giftig werden konnte. Er soff, rauchte wie ein Geisteskranker, hustete, wenn er Streß hatte, und war insgesamt ein in sich zerrissenes Stück Mann, das den Zeitpunkt für was auch immer verpaßt hatte. Er wurde Solo genannt und machte geniale Pressefotos. Der Typ zauberte Sensibilität und Kreativität in die kleine schwarze Kiste, die um seinen unrasierten Hals baumelte, und verwandelte beides in hinreißende Bilder. Sie brachen das Herz oder drehten einem den Magen um. Seit einem Jahr arbeitete er nur noch für eine internationale Fotoagentur, die erstklassige Bilder in alle Welt verscherbelte. Solo konnte sich seine Termine aussuchen, und er wählte nur die interessantesten.

Ich kannte ihn seit seiner Volontärszeit beim *Bierstädter Tageblatt*. Das war lange Jahre her. Schon damals hatte mich sein ungewöhnlicher Blick fasziniert – er schoß niemals *schöne* Fotos. Seine waren unverschämt wahr, grausam entlarvend und unversöhnlich-unerbittlich. Solo hatte es schon als Berufsanfänger geschafft, bei IG-Bergbau-Jubilarehrungen, Goldenen Hochzeiten und Hundeschauen striktes Fotografierverbot zu bekommen. Seine Wahrheit wollten die Leute nicht sehen.

Mich wunderte, daß er sich heute morgen für diesen Termin so früh aus dem Bett begeben hatte. Der Mann sah nach wenig Schlaf und viel Alkohol aus. Ich hob die Hand und winkte.

»Hallo, Grappa«, nuschelte Solo. »Immer noch bei dem Käseblatt?« Er war wirklich nicht ganz nüchtern.

»Sicher«, meinte ich knapp.

»Hat also nicht geklappt mit der großen Karriere bei *Stern* oder *Spiegel*?« Damit legte er den Finger in die Wunde aller Lokaljournalisten, die irgendwann ihre Träume vom *Pulitzer*-Preis abgehakt hatten.

»Man kann's sich nicht immer aussuchen«, sagte ich und bemerkte, wie die Unmutsfalte zwischen meinen Augenbrauen erschien. »Ich bin bei unserem Blatt für die Krawall-Geschichten zuständig. Alles, was viel Arbeit und wenig Ruhm einbringt.« Warum verteidigte ich mich eigentlich?

Solo grinste schief. Seine Zähne waren nikotingelb, das ehemals volle Haar schütter und stumpf. Blendend schien es ihm nicht zu gehen.

»Die Leser mögen das, was ich schreibe. Ich bekomme viele Zuschriften auf meine Artikel«, ergänzte ich wahrheitsgemäß.

»Ach? Morddrohungen oder Heiratsanträge?«

»Du hast dich nicht verändert. Noch immer der alte Zyniker. Für wen bist du eigentlich heute da? Welcher deiner weltberühmten Kunden interessiert sich für ein Ereignis in unserem beschaulichen Bierstadt?«

»Ich mach's nur für mich«, behauptete Solo. Er zerrte mit zitternden Fingern eine Filterlose aus der Schachtel. Sie brach in der Mitte durch und fiel zu Boden. Er hob eine Hälfte wieder auf, gab ihr Feuer, sog den Qualm ein und hustete. Es kam von tief unten.

»Also – sag schon!« bohrte ich weiter. »Dich interessieren doch sonst nur Bilder von Menschen in außergewöhnlichen Lebenslagen.«

»Eben«, kam es knapp. »Aber es müssen nicht unbedingt *Lebenslagen* sein. «

Ich verstand nicht, was er meinte. Auch egal. Heute war sowieso alles anders. Normalerweise lag ich sonntags um halb sieben friedlich schlummernd im warmen Bett. Ein leichter Wind strich über das Pflaster. Es war Sommer, doch mich fröstelte.

Ich sah mich um. Auf dem Platz hatten sich inzwischen etwa zwanzig Journalisten versammelt, Schreiberlinge wie ich, Radioreporter und Fernsehteams. Polizisten überprüften die Presseausweise und sorgten dafür, daß neugierige Bürger hinter der Absperrung blieben. Ab und zu flatterten schlaftrunkene Tauben taumelnd aus der Fassade des großen Kaufhauses gegenüber, landeten auf der gepflasterten Fläche des Platzes und hielten nach Eßbarem Ausschau.

Die Schaufenster der Geschäfte ringsum waren mit Pappe und Decken verhängt, Gaststätten und Bistros hatten ihre

Tische und Stühle zusammengeräumt, der persische Teppichhändler hatte pünktlich zum Ereignis einen *Sonderschlußverkauf mit bis zu 80 Prozent herabgesetzten Preisen* plakatiert.

Ich betrachtete das große Gebäude, um das sich heute alles drehen sollte. Es lag wie ein gestrandetes Schiff auf Grund. Leergezogen, ausgekratzt, aufgegeben. Mehrere Wasserwerfer besprühten die Steine. Knapp vierzig Jahre lang war hier die städtische Bibliothek untergebracht gewesen. Sie lag im Herzen der Stadt auf einem Gelände, das das Interesse millionenschwerer Investoren geweckt hatte. Zunächst hatte das Gebäude erhalten werden sollen – immerhin war es unter Denkmalschutz gestellt worden – doch der Druck der Geldsäcke auf die ihnen hörigen Politiker war so stark gewesen, daß der Rat einen Abrißbeschluß faßte. Inzwischen waren zwar alle Investoren wieder abgesprungen – doch die Mehrheitsfraktion hielt den eigenen Gesichtsverlust für schädlicher als das Verschleudern von Steuergeldern.

»In dem Gebäude befinden sich 580 Bohrlöcher, die mit rund 70 Kilogramm Sprengstoff aufgefüllt wurden«, unterbrach der Sprengmeister meine Gedanken. »Um Punkt sieben wird im Mittelteil gezündet, einige Augenblicke später fallen die Seitenwände und stürzen in die Mitte. Das ist eigentlich alles!«

»Welche Art Sprengstoff benutzen Sie?« fragte ein Kollege von der Konkurrenz.

»Ammonsalpeter«, gab der Sprengmeister bekannt. »In sechs Sekunden ist alles vorbei. Und jetzt treten Sie bitte zurück.«

Hinter der Absperrung, 150 Meter vom Sprengort entfernt, stand ich wieder neben Solo. Er saugte noch immer den Rauch aus seinem Brennstab.

»Vergiß nicht, einen Film einzulegen«, versuchte ich, den Dialog erneut in Schwung zu bringen.

Doch Solo schien mich nicht zu hören. Wie gebannt schaute er zu dem großen Haus, von dem in wenigen Augenblicken nur noch Bauschutt übrig sein würde.

Signale ertönten, dann zwei langgezogene Sirenentöne.

Drei dumpfe Schläge kurz hintereinander. Die Mitte des Hauses stürzte ein. Dann brachen die Außenmauern nach innen weg. Die Steine schrien auf. Die Stadt bebte. Schließlich Stille und Staub. Neben mir surrte der Motor von Solos Kamera. Das Schauspiel machte mich beklommen. Es hatte den Geschmack von Zerstörung, als fälle jemand einen Urwaldriesen im brasilianischen Regenwald.

Ich atmete tief durch. Langsam wurde die Staubwolke dünner, im letzten Nebel erschien der Turm der Kirche gegenüber. Glockengeläut. Wie bestellt. *Requiescat in pace.*

»Das war's«, konstatierte Solo trocken. Ich sah, daß ihm eine Träne die Wange herunterlief.

»Was ist mit dir?« fragte ich verdattert.

»Nichts«, behauptete er heiser, »ich hab ein bißchen Staub ins Auge gekriegt. Kommst du mit?«

»Wohin?«

»Die Trümmer angucken.«

»Ich weiß nicht ...« meinte ich unentschlossen. Mein Magen verlangte nach einem ausführlichen Frühstück. Schließlich mußte ich mich fürs Frühaufstehen belohnen.

»Bitte, Grappa!«

Irgendwas hat er, dachte ich und sagte laut: »Na gut. Aber anschließend gehen wir frühstücken.«

Solo nickte abwesend und stiefelte los. Ich hatte Mühe, seinem Tempo zu folgen.

Schließlich erreichten wir den Zaun, hinter dem rund 30.000 Tonnen Schutt lagen. Einige Neugierige guckten durch die Luken des Bretterzaunes. Solo zog mich zur linken Seite des Holzverschlages. Ich sah eine Tür, die durch ein Vorhängeschloß gesichert war.

Solo griff in die Tasche seines Jacketts und holte einen Draht heraus. In Windeseile hatte er das Schloß geöffnet.

»Was soll das?« Ich hatte keine Lust, in Bauschutt herumzustapfen.

»Ich muß hier rein, Bilder machen.« Er guckte mich wütend an.

»Dann tu's doch. Aber ohne mich.«

»Hab Vertrauen zu mir.« Jetzt bettelte er.

»Vertrauen? Erst, wenn du tot bist.« Ich wollte mich gerade umdrehen und verschwinden, als ich einen eisernen Griff am Arm spürte. Solo drückte mich durch die Tür und schloß sie hinter uns.

Der Anblick, der sich uns bot, hatte ›Kriegsqualität‹: Graue, mannshohe Steine lagen verkeilt in- und aufeinander, zersplitterte Fassadenkacheln, schwere Mauerreste, verrostete Eisenstangen, einzelne Betonsteine, Unmengen von Staub und kieselgroßen Betonbrocken.

Solo lichtete das apokalyptische Chaos ab. Wie ein wilder Zwerg stieg er über dampfende Trümmer, hielt den Kopf in künstliche Höhlen, lehnte sich an zerrissene Mauerstücke, um den bestmöglichen Bildausschnitt zu bekommen. Besessen malträtierte er immer wieder den Auslöser des Fotoapparates, der geduldig klickte und den Film weiter transportierte.

»Ich brauche einen Kaffee«, nörgelte ich.

»Hier, schau mal!« Solos Stimme war hell und aufgeregt.

Ich stieg durch die Trümmerlandschaft.

»Da!« Mit dem Kinn deutete Solo zu einem Mauerstück hin, das an eine Betonsäule gekippt lag und so ein kleines Dach über einer Öffnung bildete. Aus ihr ragten zwei menschliche Füße. Sie steckten in schwarzen Herrenschuhen, die mit grauem Staub überpudert waren.

Entsetzt sah ich Solo an. Er trug ein zufriedenes Lächeln im Gesicht, als habe er das gefunden, was er gesucht hatte.

»Also doch«, sagte er leise.

Keine Leiche ohne Grappa

Der Tote im Schutt hieß Ali Tabibi. Er wurde 55 Jahre alt und hinterließ ein millionenschweres Imperium von über 50.000 Orientteppichen. Sein Teppichhaus lag gegenüber der gesprengten Bibliothek. Aber der Reihe nach:

Nach unserer Entdeckung hatte ich einen Polizeibeamten gerufen, der gerade dabei war, eine Straßenabsperrung wegzuräumen. Er bat mich zu bleiben, bis die Mordkommission angerückt war. Als ich zu der Lücke im Bretterzaun zurückging, war Solo verschwunden. Er hat gewußt, daß dort ein Toter liegt, dachte ich, und jetzt macht er sich aus dem Staub, ich hab die Sache am Hals, dieser verdammte Mistkerl ...

Stimmen durchbrachen meine Fluchwelle. Hauptkommissar Anton Brinkhoff war nicht überrascht, als er mich sah. Seit Jahren verband er meinen Anblick mit Katastrophen, Mordgeschichten und Horrorstories.

»Sie schon wieder«, brummte Brinkhoff. »Keine Leiche ohne Grappa. Zeigen Sie mir den Fundort!«

Stumm ging ich voran. Der Hauptkommissar und zwei seiner Kollegen folgten mir. Die Füße des Toten ragten noch immer zwischen den grauen Trümmern hervor.

»Warum sind Sie hier eingedrungen?« fragte Brinkhoff. »Wußten Sie, daß es hier was zu finden gab?« Es klang ziemlich genervt.

»Nein, natürlich nicht«, antwortete ich wahrheitsgemäß. »Ein Kollege wollte die Trümmer fotografieren, und ich bin mitgegangen ...«

»Und wo ist dieser Kollege?« tönte eine Stimme in meinem Rücken. Ich wandte mich um. Bevor ich den Mund öffnen konnte, sagte Brinkhoff: »Guten Morgen, Herr Oberstaatsanwalt. Dies ist die Zeugin, die die Leiche gefunden hat. Frau Grappa vom *Bierstädter Tageblatt*.«

Der Ermittler war Mitte Vierzig, hatte einen kahl geschorenen Kopf, abstehende Ohren, dunkle Augen, volle Lippen und trug einen langen, sandfarbenen Wildledermantel. Mit Cowboyhut hätte er in dem Italo-Western *Spiel mir das Lied vom Tod* mitmimen können.

»Sie sind doch diese Frau, die in allen möglichen Dingen herumschnüffelt und sich auch noch darüber verbreitet«, stellte der Oberstaatsanwalt fest. »Was – zum Teufel – haben Sie in diesem Bereich zu suchen?«

Ich überhörte die Frage. »In zivilisierten Gegenden nennt man solche Leute Journalisten«, wehrte ich den Angriff auf meinen hehren Berufsstand ab. »Und wer sind Sie? Ich kenne einige Staatsanwälte, aber Sie sind mir noch nicht über den Weg gelaufen.«

»Dr. Hasso Klima. Oberstaatsanwalt.« Es klang zackig. »Zuständig für Kapitalverbrechen. Seit genau vier Wochen.«

»Hasso ist ein prima Name«, lächelte ich. »War Ihr Vater ein Schäferhund?«

»Glauben Sie bloß nicht, daß Sie die Erste sind, die sich an einem originellen Witz über meinen Vornamen versucht«, behauptete Klima. »Und jetzt zur Sache. Wo ist der Fotograf, von dem Sie eben sprachen?«

»Weg.«

»Was soll das heißen?«

»Ich informierte die Polizei. Als ich zurückkam, hatte sich Solo vom Acker gemacht.«

»Solo?«

»Sein Spitzname. Er heißt Mustafa Rotberg.«

»Wieso Mustafa?«

»Seine Mutter ist Libanesin.«

»Interessant. Hat er die Leiche fotografiert?« kam die nächste Frage.

»Klar. Job ist Job.«

»Sehr schön!« Klima stampfte ungehalten mit dem Fuß auf. »Für welches Blatt arbeitet er?«

»Mal für dieses, mal für jenes. Er ist ein Freier.«

»Wunderbar!!« Jetzt war Klima richtig schön sauer. »Kennen Sie seine Adresse? Ich werde die Bilder beschlagnahmen und ihn festsetzen lassen!«

»Die Adresse kenn ich nicht. Und selbst wenn ... schon mal was von Pressefreiheit gehört?« fragte ich sanft.

»Ich brauche keine Belehrungen«, schnippte er. Klima gab die Fragerei auf und bewegte sich zum Fundort. Sein Mantel flatterte hinter ihm her wie eine Schleppe.

Die Polizeibeamten hatten die Mauerreste und Steine vorsichtig beiseite geräumt. Da lag er. Der Tote war nicht groß, schlank, gut gekleidet in Hemd und Krawatte. Sein Haar war voll und grauschwarz meliert. Ich hatte ihn schon mal gesehen.

»Kennt jemand diesen Mann?« fragte Klima in die Runde.

»Das ist Ali Tabibi«, antwortete ich. »Ihm gehört das Teppichhaus gegenüber. Er hat pünktlich zur Sprengung der Bibliothek seine Teppichpreise um bis zu 80 Prozent gesenkt. Sonderschlußverkauf. *Eine Ära geht zu Ende* ... so hieß der Werbeslogan, den er sich dazu hat einfallen lassen.

Irgendwie passend – so wie der jetzt da liegt.«

»Frau Grappa hat recht«, mischte sich Brinkhoff ein. »Ich kenne den Mann auch. Wir haben vor einigen Monaten eine Hausdurchsuchung bei ihm gemacht und zahlreiche Akten beschlagnahmt. Verdacht des Betruges und der Steuerhinterziehung. Herr Tabibi ist erst vor sechs Wochen aus der Untersuchungshaft entlassen worden. Gegen eine Kaution vom 800.000 Mark.«

»Eine Strafe hatte er schon abgesessen«, vervollständigte ich Brinkhoffs Bericht. »Dreieinhalb Jahre wegen Steuervergehens. Das war vor etwa zwei Jahren. Er hat jahrelang keine ordentliche Buchführung gemacht und keine Sozialabgaben für seine Angestellten gezahlt. Die Teppiche wurden zum Teil schwarz verkauft. Sechs Millionen will das Finanzamt von ihm haben. Da hat er seine Teppiche durch die Kommune versteigern lassen, um die Schulden zu bezahlen. Und jetzt ist er tot.«

»Scharfsinnige Bemerkung«, wertete Klima. Er wandte sich an den Polizeiarzt. »Können Sie schon etwas zur Todesursache sagen?«

»Er ist nicht von den Trümmern erschlagen worden oder durch die Explosion umgekommen«, meinte der Arzt. »Der Mörder hat ihm die Pulsadern geöffnet.«

»Und wo ist das Blut?« fragte ich. »Ich sehe keins.«

»Der Fundort ist nicht der Tatort«, meinte der Arzt. »Der Mann ist woanders gestorben und hierher gelegt worden.«

»Aber wann?« grübelte ich. »Die Sprengtechniker bringen seit Tagen die Bohrlöcher an. Irgend jemand muß was bemerkt haben. Ich muß unbedingt mit den Leuten reden.«

»Wer ist hier der Ermittler? Sie oder ich?« brüllte Hasso Klima. Brinkhoff grinste.

»Bleiben Sie cool«, riet ich. »Ich mache meinen Job und Sie den Ihren. Ich wäre die letzte, die einen Staatsanwalt unterstützt. Und jetzt tschüs. Ich muß los.«

»*Ober*staatsanwalt«, korrigierte Klima. »Und Sie bleiben! Ich brauche Ihre Aussage.«

»Das hat ja wohl noch Zeit«, winkte ich ab. »Morgen schau ich mal im Präsidium bei Herrn Brinkhoff vorbei und erzähle ihm alles. Schönen Tag noch, die Herren!«

Versauter Sonntag

»Erst gab's den Riesenbumms, es brach alles zusammen, und dann liegt noch eine männliche Leiche im Schutt. Wie findest du das?«

Ich hatte Peter Jansen, den Lokalchef des *Bierstädter Tageblattes*, am Telefon. Er hatte heute eigentlich keinen Dienst, aber dies war eine ungewöhnliche Situation, die Störungen rechtfertigte.

»Du meine Güte, Grappa«, stöhnte Jansen aus. »Willst du mich vernatzen? Gerda hat gerade das Knoblauchhühnchen in die Röhre bugsiert, ich bin beim Kartoffelschälen, und die Kinder pulen die Erbsen aus der Schale.«

»Tut mir leid, aber ich scherze nicht, wenn es um Leichen geht. Staatsanwaltschaft und Mordkommission ermitteln bereits.«

»Keine Leiche ohne Grappa ...«

»Sehr witzig! Aber das habe ich heute schon mal gehört. Ich kann nun wirklich nichts dafür, daß wir in einer Gesellschaft leben, in der nackte Gewalt regiert und Mord zum sonntäglichen Zeitvertreib gehört.«

»Wieso Mord? Ich dachte, der Mann ist von den Trümmern erschlagen worden. Mangelnde Sicherheitsvorkehrungen, oder so«, rief Jansen aus.

»Denkste. Der Täter hat den Mann dort nur abgelegt. Vorher wurde er gemeuchelt.«

»Wer ist es, und was ist die Todesursache?« Endlich war Jansens professionelles Interesse geweckt.

»Ali Tabibi, der Teppichkönig. Er ist verblutet, nachdem man ihm die Pulsadern aufgeschlitzt hat.«

»*Eine Ära geht zu Ende* ...« zitierte Jansen jenen Werbespruch, der seit ein paar Wochen in den Schaufensterscheiben des Teppichparadieses aushing und in zahlreichen Zeitungsanzeigen verbreitet worden war. »Verdächtigt die Polizei schon jemanden?«

»Nicht, daß ich wüßte. Dazu ist es ein bißchen zu früh. Der Oberstaatsanwalt ist zudem nicht besonders pressefreundlich, und mit Hauptkommissar Brinkhoff konnte ich noch nicht ausführlich reden.«

»Wo bist du jetzt?«

»In der Redaktion. Gleich wird es eine offizielle Pressemitteilung per Fax geben.«

»In einer halben Stunde bin ich da.«

»Nicht doch«, winkte ich ab, »die Story ist kein Problem für mich. Schäle deine Erdäpfel zu Ende und laß Gerda nicht auf ihrem Flattermann sitzen. Die Geringschätzung weiblicher Kochkünste hat schon zu Ehedramen mit katastrophalem Ausgang geführt.«

»Du mußt es ja wissen, Grappa! Ist dein Freund deshalb ausgewandert?«

»Weißt du eigentlich, was ich an dir mag?« wechselte ich das Thema.

»Nein?«

»Gar nichts.«

Jansen lachte und kündigte an, mich so bald wie möglich bei der Arbeit beobachten zu wollen.

Ich hatte gerade den Hörer aufgelegt, als sich das Faxgerät rührte. Schnelle Arbeit, dachte ich. Der Wisch trug das Logo des Bierstädter Polizeipräsidiums.

Berichtszeitraum: 23. Juni. Gegen 7.25 Uhr wurde in den Trümmern eines gesprengten Gebäudes die Leiche des iranischen Kaufmanns Ali T., 55 Jahre, gefunden. Der Tote ist nach ersten Ermittlungen einem Gewaltverbrechen zum Opfer gefallen. Eine Obduktion wurde angeordnet. Weitere Auskünfte gibt die Staatsanwaltschaft OStA Dr. Hasso Klima.

Das war alles. Mager und nichtssagend. Ich würde die Story noch etwas aufmotzen müssen. Nach fünf Minuten angestrengten Nachdenkens startete ich den PC.

Tot in staubigen Trümmern: Iranischer Teppichkönig wurde Opfer eines brutalen Verbrechens – Eine Ära ging zu Ende

Ich hatte gerade die Überschrift getöpfert, als der Fotograf des *Tageblattes* eintrudelte.

»Hast du schon gehört, Grappa?« fragte er. »Im Schutt lag der Teppichfritze. Mausetot. Alle sind aus dem Häuschen.«

»Ich hab's mitbekommen. Hast du Bilder?«

»Die Bullen haben alles abgesperrt. Ich hab den Abtransport des Sarges auf dem Film. Dazu noch den Staatsanwalt, ein paar Kripoleute und was sonst noch so rumlief. Das Porträt des Toten hole ich dir aus dem Archiv.«

»Besser als nichts«, freute ich mich. »Für die Entfaltung der Phantasie unserer geneigten Leserschaft bin ich zuständig. Ich werd schon dafür sorgen, daß es schön gruselig wird. Dann mach dich mal an die Arbeit, Kleiner. Willst du einen Kaffee?«

Zwei Königskinder

Irgendwann war Abend, und ich hatte noch etwas Wichtiges vor. Ich erwischte Mustafa Rotberg in seiner Stammkneipe, die nicht gerade in der feinsten Gegend lag. Er hatte mich vor Jahren öfter mal hierher, in seine ›zweite Heimat‹, geschleppt, damals, als er noch beim *Bierstädter Tageblatt* als Lohnknipser angestellt war.

Heute hatte sich der Fotograf an die äußerste Ecke des Tresens gesetzt und schon einige Biere und Schnäpse vertilgt, als ich auftauchte.

»Wie hast du mich gefunden?« lallte er.

»Solo, du bist ein konservativer Mensch! Unter deiner Privatnummer hab ich dich nicht erwischt. Du bist dem Alkohol genauso treu geblieben wie dieser Kaschemme. Ich versteh zwar nicht, wie du dich hier wohlfühlen kannst – noch nicht mal die Gläser sind sauber gespült, und draußen riecht's nach Männerpisse ...«

»Ich mag die Buden nicht, wo die frisch gefickten Sonnenbanktypen herumhängen und an ihrem Daiquiri nippen. Was willst du, Grappa?«

»Was wohl? Du haust ab, und ich hab die Bullen am Hals! Benimmt sich so ein Gentleman?«

»Sei nicht sauer«, bat er. Seine Augen waren glasig, die Zunge schwer. Er war blau – doch da war noch etwas anderes.

»Solo, was ist mit dir?«

»Ich bin fertig«, sagte er ernst. »Mein Leben ist verpfuscht.«

Ich sah Tränen auf seiner Wange. »Das geht jedem früher oder später so«, beschwichtigte ich. »Da kommt es meist auf die Uhrzeit an. Wenn ich eine halbe Pulle Chianti gekippt habe, krieg ich auch den Moralischen.«

»Mir fehlt ein Lebensinhalt.« Solos Hand bewegte sich wieder zum Glas hin.

»Kauf dir einen Pudel«, riet ich.

»Du bist ein zynisches Biest, Grappa!«

Ich nahm's als Kompliment. »Solo, bist du überhaupt noch ansprechbar?«

»Klar. Was willst du trinken?«

»Nichts. Ich muß mit dir reden.« Ich kletterte auf einen Barhocker. Der Wirt schlurfte heran und verwischte die feuchten Glasspuren auf dem Holz vor mir. »Ein Wasser, bitte!« kam ich seiner Frage zuvor.

»Wer hat dir gesagt, daß in den Trümmern eine Leiche liegt?« begann ich.

»Niemand«, log er. »Wie kommst du darauf?«

»Erzähl mir nichts«, forderte ich. »Du hast ganz gezielt nach etwas gesucht. Und ich sollte die Zeugin spielen. Also binde mir keinen Bären auf.«

»Laß mich zufrieden!«

»Du solltest mir dankbar sein. Ich habe dir den Staatsanwalt vom Hals gehalten. Er wollte deine Filme beschlagnahmen.«

»Das wäre auch egal«, entgegnete Solo. Er griff nach einem halbvollen Wasserglas Wodka und goß es hinunter. Er verschluckte sich und begann zu husten. Ich versetzte ihm einen kräftigen Schlag auf den Rücken.

»Laß das«, keuchte er. »Du bringst mich um.«

»Also? Wer ist dein Auftraggeber?«

»Niemand. Ich habe nicht vor, die Fotos zu verkaufen.«

»Und warum warst du dann überhaupt da?« Ich verstand nichts.

»Das ist eine komische Geschichte. Willst du sie wirklich hören?«

»Sicher. Sonst wäre ich nicht hier. Also los – ich bin ganz Ohr.«

Solo legte den Kopf in die Hände. Er brauchte ein paar

Augenblicke, um die richtigen Worte zu finden. »Vor einer Woche war ich zufällig auf einem Jahrmarkt. Ich hatte schon einige Gläser Schnaps getrunken, als ich plötzlich vor dem Wohnwagen einer Wahrsagerin stand. Ich bin reingegangen. Nur so aus Jux. Für 100 Mark wollte mir die Frau etwas über meine Vergangenheit und meine Zukunft sagen. Ich legte ihr den Hunderter auf den Tisch, und los ging's.«

»Tolle Geschichte«, sprach ich in seine Pause, »wenn sie wahr ist.«

»Warte ab«, riet Solo und orderte ein weiteres Glas Wodka. »Sie sagte mir auf den Kopf zu, daß ich ein künstlerisch veranlagter Mensch sei, der in seinem Beruf erfolgreich ist. Mein Gefühlsleben dagegen sei aus den Fugen geraten. Ich hätte die große Liebe meines Lebens verloren.«

Über Solos Wange rollten ein paar dicke Tränen. Ich konnte nicht einschätzen, ob es der Alkohol oder die Rührung über das eigene Schicksal war, was den Feuchtigkeitsschub ausgelöst hatte.

»Kannst du nicht etwas zügiger erzählen?« fragte ich. »Ich möchte hier nicht übernachten.«

»Die Frau hatte recht. Sie hat mir auf den Kopf zugesagt, was mit mir los ist!«

»Quatsch!« widersprach ich. »Wer dich ansieht, der weiß, daß du ein kaputter Typ bist. Daß du Knipser bist, wußte sie vermutlich deshalb, weil du deine Kamera um den Hals baumeln hattest. Und irgendwann hat jeder im Leben mal eine Liebe verloren – zumindest, wenn er über Vierzig ist. Alles Sachen, die ich auch hätte wahrsagen können.«

»Das war noch nicht alles. Sie kannte meine Geschichte – und ich hatte sie nie jemandem erzählt. Willst du sie hören?«

Solo wartete meine Antwort nicht ab. »Als ich vierundzwanzig war, arbeitete meine Mutter als Putzfrau bei einer reichen Familie. Das ist jetzt sechzehn Jahre her. Dort traf ich sie. Sie war die Tochter der Familie und erst vierzehn. Ich verliebte mich.«

»Warst du nicht ein bißchen alt für das Kind?«

»Ich habe mich eben verliebt. Sonst war da nichts. Es ist wirklich nichts passiert. Ich hätte sie niemals angerührt. Als ihre Eltern etwas merkten, bekam ich Hausverbot und ›Engelchen‹ wurde eingesperrt. Meine Mutter zog mit mir in eine andere Stadt. Ich habe Engelchen nie wiedergesehen. Und nie vergessen können.«

»Ist ja rührend«, ironisierte ich. »Wie die zwei Königskinder, die nicht zueinander finden können, weil das Wasser zwischen ihnen zu tief ist. Mensch, Solo! Das war Kinderkram damals. Und was, zum Teufel, hat das alles mit dem Toten im Schutt zu tun?«

»Hab Geduld.« Solo setzte das Glas an die Lippen. Ich betrachtete ihn. Er war beileibe keine Schönheit; Nikotin, Alkohol und unregelmäßiger Schlaf hatten Spuren in seinem Gesicht hinterlassen. Ich konnte mir nicht vorstellen, wie er mit vierundzwanzig ausgesehen hatte und was eine erblühende Vierzehnjährige an ihm gefunden haben könnte.

Doch die Geschichte von der verlorenen Liebe rührte mich. Jeder ist einsam für sich allein, dachte ich, sogar Solo, der professionelle Zyniker.

»Ich fragte die Wahrsagerin nach meiner Zukunft«, fuhr er fort. »Sie schaute mich merkwürdig an und sagte wörtlich: ›Wenn du einen toten Mann in einem toten Haus findest, wirst du deine Liebe wiederfinden.‹ Als ich dann von der leeren Bibliothek erfuhr, war mir klar, was die Frau mit dem ›toten Haus‹ gemeint hatte. Und jetzt warte ich darauf, daß ich sie wiedersehe.«

»Das ist der Stoff, aus dem italienische Opern gestrickt sind«, rief ich aus. »Wartest du wirklich darauf, daß die Tür aufgeht, Engelchen in der Tür steht und dir um den Hals fällt?«

»Ja«, lautete die schlichte Antwort.

»Solo! Die Frau ist heute um die Dreißig, vermutlich verheiratet und mit ein paar Kindern gesegnet. Sie geht regelmäßig golfen oder vertreibt sich die Zeit mit der Lektüre von Frauenzeitschriften. Sie hat dich längst vergessen.«

»Hat sie nicht!« schrie Solo. »Wir haben uns damals ewige Treue geschworen.«

»Reg dich nicht auf«, versuchte ich ihn zu beruhigen. »Ich will dir doch nur helfen.«

In diesem Augenblick ging die Kneipentür auf. Solo

drehte den Kopf und sah wie gebannt Richtung Öffnung.

Nein, dachte ich, sowas gibt es nicht im richtigen Leben. Ich sollte recht behalten: Engelchen war es nicht, die da eintrat. Durch die Tür schlenderte Hauptkommissar Anton Brinkhoff, sah sich um und steuerte schnurstracks auf uns zu.

»Herr Brinkhoff«, staunte ich, »wie haben Sie uns aufgespürt?«

»Ihr Kollege Jansen erinnerte sich, daß Sie beide früher oft hierher gegangen sind.«

»Der Mann hat ein Gedächtnis wie ein Elefant«, staunte ich. »Trotzdem schön, daß Sie hier sind. Das ist der Kollege, dem ich die Bekanntschaft mit dem toten Tabibi verdanke.«

Ich erklärte Solo, daß es sich bei Brinkhoff um einen Kriminalhauptkommissar der Mordkommission handelte. Solos Miene verfinsterte sich.

»Jetzt hetzt du mir die Bullen auf den Hals, Grappa! Schwing dich auf deinen Besen und schwirr ab«, blaffte der Fotograf böse. »Ich bereue schon, daß ich dir was erzählt habe. Was will der Kerl?«

Brinkhoff war gekommen, um Solos Beobachtungen zu Protokoll zu nehmen. Und er hatte Zeit, zwei oder drei kühle Blonde zischen zu lassen. Solo behauptete, alles sei purer Zufall gewesen. Er habe künstlerische Fotos machen wollen – von der modernen, steinernen Apokalypse, in der sich unsere egozentrische Konsumgesellschaft befindet – oder so ähnlich.

Brinkhoff hörte kaum hin, er hatte registriert, daß Solo viele leere Wodkagläser vor sich stehen hatte.

»Haben Sie schon einen Verdacht, wer der Täter sein könnte?« Ich wollte die Gelegenheit nutzen, Brinkhoff ein bißchen auszuhorchen.

»Wir ermitteln in alle Richtungen«, meinte der Hauptkommissar. »Die Art des Todes ist auf jeden Fall ziemlich ungewöhnlich. Der Mörder hat zugesehen, wie sein Opfer durch den großen Blutverlust immer schwächer wurde und schließlich starb.«

»Er ist geschächtet worden«, nuschelte Solo. Dann kicherte er.

»Was sagst du da?«

»Langsames Ausbluten. So schlachten die Moslems ihre Schafe zu hohen Feiertagen«, erklärte der Fotograf.

Brinkhoffs Gesichtsausdruck verriet reges Interesse. »Woher wissen Sie das, Herr Rotberg?«

»Meine Mutter ist Libanesin. Ich kenne die religiösen Gebräuche.«

»Dann könnten die Täter islamische Fundamentalisten sein«, vermutete Brinkhoff. »Halten Sie sowas für möglich?«

Solo zuckte leicht mit den Schultern und vertiefte sich in das nächste Glas Wodka.

»Ich glaube nicht an religiöse Hintergründe«, meinte ich. »Suchen Sie lieber woanders. Tabibi hat einige Konkurrenten durch Niedrigstpreise vom Markt gedrückt, seine Mitarbeiter schlecht behandelt, auch von betrügerischen Geldgeschäften ist die Rede – vielleicht sogar Drogenhandel. Wer weiß, was alles in die Mottenfifis eingewickelt ist, wenn die frisch geknüpft und chemisch gefärbt aus dem Iran hier eintreffen.«

»Ein guter Moslem war er jedenfalls nicht«, mischte Solo wieder mit. »Er ging selten zum Freitagsgebet und befolgte die Regeln des Korans nicht, aß vielleicht sogar Schweinefleisch und trank Alkohol.«

»Dann hätten sie dich schon längst umbringen müssen«, sagte ich und blickte vielsagend auf Solos Wodkaglas, »genauso wie achtzig Prozent der islamischen Bürger in Bierstadt. Die trinken nämlich auch mal gerne einen oder zwei.«

»Es geht nicht nur um ein Leben nach den Gesetzen des Korans, sondern um knallharte Politik. Tabibi hätte die islamische Weltrevolution mit seinen Millionen unterstützen können. Das hat er vielleicht versäumt. Ob ich Alkohol zu mir nehme oder nur Milch trinke – danach kräht kein Hahn.«

»Dann kannst du dich ja getrost zu Tode saufen.« Ich klopfte Solo aufmunternd auf die Schultern. Er bekam erneut einen Hustenanfall.

»Dieser Dr. Hasso Klima«, wechselte ich das Thema, »was ist das für ein Typ?«

»Ein ganz scharfer Hund«, antwortete der Hauptkommissar, »das flammende Schwert des bundesdeutschen Strafrechts. Er wird nur schwach, wenn er Fische sieht.«

»Wie?« Ich hatte Fische verstanden.

»Klima ist begeisterter Aquarianer. In seinem Haus soll er ein riesiges Meerwasseraquarium stehen haben.«

»Fische kennen keine Vorurteile«, sagte ich. »Sie mögen jeden, der sie füttert. Aber sagen Sie doch mal, Herr Brinkhoff, womit kann man Dr. Hasso am meisten ärgern?«

»Sie brauchen sich da nicht groß anzustrengen«, lächelte der Hauptkommissar. »Ihr Auftritt heute morgen hat völlig genügt. Er wartet nur darauf, Ihnen eins auszuwischen.«

»Das ergibt sich sicher«, prophezeite ich. »Ich teile seine Leidenschaft für Meeresgetier – besonders für Krustentiere. Es gibt nichts Köstlicheres als Gambas mit Knoblauchsauce oder Hummer gegrillt mit brauner Butter.«

Der Fremde auf der Straße

Es war die Stunde, da noch alles verstummt war. Ich hatte mit Brinkhoff und Solo bis zum Morgengrauen in der Kneipe gehockt, irgendwann hatten wir über Persönliches geredet, über die jeweiligen Wünsche und Träume der anderen und seine eigenen.

Solo schwankte zwischen Rührseligkeit und Realität, verdrückte Tränen und gab Haßtiraden von sich. Zwischendurch hustete er zum Gotteserbarmen, rannte aufs Klo, nachdem er aus seinem Jackett ein schwarzes Etui herausgenommen hatte. Das Teil erregte meine Neugier.

»Lippenstift und Make-up?« fragte ich mit einem schrägen Blick.

Solo antwortete nicht. Als er das Etui vor sich auf dem Tresen liegen ließ und wieder mal Richtung Klo verduftete, griff ich zu. Im Inneren lagen eine Spritze und zwei Ampullen einer durchsichtigen Flüssigkeit.

Brinkhoff hatte mich beobachtet. »Das Spritzbesteck eines Diabetikers«, erklärte er. »Jetzt verstehe ich die launischen Ausbrüche, mit denen er uns heute abend unterhalten hat.«

Ich schämte mich zwei Sekunden lang, so indiskret gewesen zu sein. Schnell klappte ich das Etui zu.

Die Straße war fast menschenleer, irgendwo zog jemand die Rolläden hoch, die erste Straßenbahn des Morgens glitt quietschend durch das Schienenbett, als wir die Kaschemme verließen. Ich war beduselt, nicht vom Alkohol, sondern von der schweren Nikotinluft und der dumpfen Kneipengeräuschkulisse.

Mein Auto, das ich am Vorabend in einer Nebenstraße geparkt hatte, war noch unversehrt. Obwohl es fast Ende Juni war, lag feuchter Morgentau auf den Scheiben. Ich startete und fuhr los.

Zu Hause wartete niemand auf mich. Meine geliebten Katzen waren kurz hintereinander an Altersschwäche und den damit verbundenen Krankheiten gestorben. Mein Freund Nik war von seinem Arbeitgeber in die USA geschickt worden – im Zuge eines Beamtenaustausches zwischen der deutschen Polizei und dem FBI.

Ich parkte das Auto und stieg aus. Es war kurz vor vier Uhr morgens. Auf dem Bürgersteig gegenüber meiner Wohnung bemerkte ich eine einsame männliche Gestalt, die sich in meine Richtung bewegte. Der Mann ging mit hochgezogenen Schultern, die Hände in den Taschen, in sich gekehrt, schweren Schrittes. Ich hatte ihn noch niemals gesehen.

Wenn er jetzt eine Waffe zieht und auf dich schießt, dachte ich, dann bist du tot. Es wäre besser wegzulaufen. Doch meine Füße klebten am Boden.

Der Mann kam noch näher, die Hände noch immer in den Taschen seines kurzen Mantels vergraben. Er sah nicht gefährlich aus, aber das war vermutlich die beste Tarnung eines Mannes, der auf rothaarige Frauen schießt, die schon zu vielen auf die Füße getreten sind. Ich mußte verückt sein. Warum rechnete ich damit, auf offener Straße von einem Unbekannten getötet zu werden?

Ich erwachte aus meiner Erstarrung. Der Mann war längst an mir vorbeigelaufen, hatte mich mit keinem Blick gestreift.

Minuten später hatte ich meine Wohnung erreicht. Ich checkte den Anrufbeantworter und hörte die erboste Stimme von Dr. Hasso Klima, dem Schäferhund mit Fischvorliebe. Er müsse mich dringend sprechen und ... bla-bla-bla.

Nik hatte sich wieder nicht gemeldet. Ich war zu müde, um traurig zu sein. Ein kurzer Besuch im Bad, und ich lag in meinen Kissen.

Angst vor Fliegen?

»Wir müssen an der Sache dranbleiben«, befahl Peter Jansen. Die Redaktionskonferenz des *Bierstädter Tageblattes* tagte, es galt, die kommende Woche zu besprechen, Ideen auszutauschen und Arbeit zu verteilen.

»Irgendwie muß Tabibis Leiche in das leer gezogene Haus gelegt worden sein«, trug ich vor. »Es muß in der Nacht zum Sonntag geschehen sein. Noch am Samstag hatte die Firma eine Menge zu tun mit den Bohrlöchern und ihrer Auffüllung mit Sprengmaterial. Da hatte niemand die Chance, mit einem Toten in die Bibliothek zu marschieren.«

»Das Gebäude war doch abgesichert«, wandte ein Kollege der Wirtschaftsredaktion ein.

»Mit einem schwachen Holzverschlag«, entgegnete ich. »Im Zaun war eine Tür, die im Handumdrehen mit einem spitzen Gegenstand geöffnet werden konnte. Auf diese Weise bin ich gestern ja auch zum Fundort der Leiche gelangt.«

»Interessant, daß unsere Reporter jetzt schon einbrechen, um an Stories zu kommen«, meckerte der Kollege.

»Wer acht Stunden am Tag auf seinem Hintern sitzt und seinen PC mit langweiligen Ergüssen über Bilanzpressekonferenzen quält, kann unkonventionelle Recherchemethoden natürlich nicht nachvollziehen«, gab ich ihm eins drüber.

»Aber, aber ...« funkte Jansen dazwischen. »Es ist doch erst Montag morgen. Was soll aus dem Rest der Woche werden, wenn schon jetzt das kreative Aggressionspotential verschossen wird? Wir wollen doch nicht an Langeweile sterben.«

Zehn Minuten später saß ich in meinem Büro und hatte eine Tasse Kaffee vor mir stehen.

»Besuch für dich.« Jansen hatte die Tür kurz geöffnet und einen Mann in mein Zimmer geschoben. Es war Dr. Hasso Klima.

»Welche Ehre«, begann ich. »Sie bemühen sich höchstselbst in meine bescheidenen Räume?«

Ich deutete auf den Freischwinger vor meinem Schreibtisch. Der Fischfreund ließ sich fallen.

»Sie sind schlau, Frau Grappa«, begann Klima. »Sie haben mich reingelegt.«

»Mag sein«, räumte ich ein. »Besonders schlau braucht man dafür aber nicht zu sein.« Keine Ahnung, worüber der Mann eigentlich sprach.

»Wollen Sie einen Kaffee?« schwenkte ich die weiße Fahne.

»Nein. Mein Magen«, sagte er.

»Tut mir leid. Und? Was liegt an?«

»Sie sollten sich da raushalten«, riet er.

»Ach ja?« Ich betrachtete ihn. Der Oberstaatsanwalt sah etwas derangiert aus. Er trug das Hemd vom Vortag, dunkle Barthaare schoben sich durch die Gesichtshaut ans Licht, eine steile Falte an der Nasenwurzel teilte die breite Stirn.

»Die Leiche ist obduziert worden.« Klima wollte eigentlich weiterreden, doch etwas hielt ihn zurück – vermutlich waren es meine beeindruckende Persönlichkeit und mein entschlossener Blick.

»Ach ja?« wiederholte ich. Ich nahm einen Löffel und rührte den Kaffee um. Das kratzende Geräusch erfüllte den Raum.

»Ich weiß nicht, ob ich Ihnen vertrauen kann.« Jetzt zog er die Wir-ziehen-doch-alle-am-selben-Strang-Nummer ab.

»Das weiß ich auch nicht.«

»Ich will doch nur, daß Ihnen nichts passiert.« Klima quälte sich ein Lächeln ab, das ganz bestimmt nicht von Herzen kam.

»Wo drückt Sie denn der Schuh? Ich helfe jedem, der mich darum bittet. Ich kann nicht anders. Das liegt an meiner katholischen Erziehung«, sagte ich gönnerhaft.

»Schön, daß Sie so denken.«

»Wollten Sie mir nicht etwas über das Obduktionsergebnis erzählen?«

»Nur, wenn Sie es nicht veröffentlichen.«

»Das kann ich Ihnen nicht versprechen«, entgegnete ich. »Doch ich werde mit Ihren Informationen verantwortungsbewußt umgehen.«

Die Show begann mich zu nerven. Er soll endlich mit Fakten rüberkommen, dachte ich.

»Tabibi war bereits einige Zeit tot, als er in den Trümmern abgelegt wurde. Den genauen Zeitpunkt kann man nicht bestimmen. Sicher ist nur, daß er in einem vollklimatisierten Raum getötet wurde.«

»Das ist interessant. Wie kann man sowas feststellen?«

»Die exakte Feststellung von Todeszeiten ist schwieriger, als allgemein angenommen wird«, erklärte Klima. »Bereits nach zwei Tagen liefert der Körper einer Leiche kaum noch präzise Daten. Die Gerichtsmediziner schätzen die Todeszeit in solchen Fällen nach dem Verwesungszustand der Leiche. Das bringt sehr ungenaue Angaben. Für die Staatsanwaltschaft ist eine schlüssige Beweisführung fast unmöglich.«

»Und was hat das mit Tabibi zu tun?«

»Könnte ich wohl doch einen Kaffee haben?«

Ich kramte die Reservetasse aus dem Büroschrank. Warum erzählte der Mann mir das alles? Ich war wild entschlossen, jedes Wort von ihm in meinem nächsten Artikel zu verbraten.

»Danke.« Klima schlürfte den heißen Kaffee.

»Und weiter?«

»Jetzt wird es etwas unappetitlich, Frau Grappa.«

»Das macht nichts«, behauptete ich. »Ich bin hart im Nehmen.«

»Wie Sie wollen. Ist ein Mensch tot, so bleibt er auf keinen Fall lange allein. Zahlreiche Insekten nehmen sich seiner an. Die ersten, die kommen, sind die Weibchen der blauen Schmeißfliege. Sie finden normalerweise immer einen Weg, ihre Eier in das tote Gewebe zu legen. Doch sie bleiben nicht lang, denn für sie muß eine Leiche ziemlich frisch sein.«

Der Oberstaatsanwalt machte eine Pause, um zu sehen,

wie mir seine Geschichte gefiel. Ich hoffte, daß sich das dumpfe Gefühl in meinem Magen nicht in meinem Gesichtsausdruck widerspiegelte.

»Als nächstes kommen die Stutzkäfer«, fuhr er fort. »Sie schätzen Leichen erst, wenn sie sich schon aufzulösen beginnen. Pelzkäfer dagegen zeigen erst Interesse, wenn der Körper nur noch aus Haut und Knochen besteht. Ist das nicht aufregend, Frau Grappa?«

»Immer wiederkehrende Spiele der Natur«, krächzte ich. »Aus der Erde sind wir gekommen, und zu Erde werden wir.«

»Schön gesagt!« rief der Oberstaatsanwalt aus. Jetzt lächelte er. »Insgesamt haben Wissenschaftler an und in Leichen 522 verschiedene Tierarten entdeckt – meist Insekten. Man nennt diesen Zweig der Medizin *Forensische Entomologie,* das heißt soviel wie *Kriminalinsektenforschung*. Doch die Tiere erzählen uns nicht nur etwas über den Zeitpunkt eines Mordes, sondern auch über den Tatort. Die blaue Schmeißfliege lebt in der Großstadt, die Güllefliege mag es warm und trocken, und die Salzfliegen summen in der Nähe des Meeres herum. Wenn also der Fundort einer Leiche nicht mit den Eiern im Körper der dort ansässigen Insekten übereinstimmt, wissen wir ... na, was wissen wir dann, Frau Grappa?«

»... daß der Tote in einem anderen Landstrich gemeuchelt worden sein muß.«

»Bravo!« lachte Dr. Hasso Klima. »Sie haben hundert Punkte.«

»Ich liebe Quizfragen über alles«, meinte ich. »Und jetzt sagen Sie mir endlich, was das alles mit unserem Teppichkönig zu tun hat? Tabibi sah eigentlich doch recht frisch aus.«

»Die Leiche hat nicht die geringsten Spuren von Insekteneiern aufgewiesen.«

»Ja und? Vielleicht lag's daran, daß er Moslem war.«

»Sehr witzig. Tabibi wurde in einem abgeschlossenen, klimatisierten Raum getötet. Sein Körper war noch völlig intakt – wenn man davon absieht, daß er tot war. Es ist demnach nicht möglich, die genaue Todeszeit festzustellen.«

»Und was bedeutet das für Ihre Ermittlungen?«

»Sie werden dadurch sehr erschwert. Keine Indizien, mit denen ich mögliche Verdächtige konfrontieren kann. Die Frage nach möglichen Alibis kann ich vergessen.«

»Dumm gelaufen«, gab ich zu. »Der Mörder ist clever und versteht sein Geschäft.«

»Eben. Deshalb sollten Sie sich raushalten. Kapiert?« Klima war wieder ganz Hasso, der Schäferhund. Sein Ton war hart und unmißverständlich.

»Machen Sie sich etwa Sorgen um mich?« fragte ich gerührt.

»Sehe ich so aus?«

Ich ließ die Antwort offen.

»Kommen Sie mir nicht in die Quere, sonst kriegen Sie richtigen Ärger mit mir!« wiederholte Klima.

»Ich werd's mir überlegen«, sagte ich. »Sie sollten allerdings nicht wirklich damit rechnen. Wir leben schließlich in einem freien Land, in dem die Pressefreiheit ein hohes Gut ist.«

»Kann sein.« Der Oberstaatsanwalt erhob sich. »Es gibt höhere Werte als die Freiheit einer Skandaljournalistin Ihres Kalibers, die sich ab und an mal austoben will. Diese Sache ist mehrere Nummern zu groß für Sie. Auf Wiedersehen!«

Die alte Stradivari

Der Platz, auf dem die Bibliothek gestanden hatte, war an diesem Tag ein echter Anziehungspunkt. Ein riesiger Schutthaufen, garniert mit einem mysteriösen Mord – das war etwas Aufregendes für unser beschauliches Bierstadt. Entsorgungsfirmen ließen sich trotzdem nicht davon abhalten, die Trümmer wegzuschaffen. Die Stadtverwaltung hatte ihnen einen Zeitplan vorgegeben, innerhalb dem der Müll abtransportiert werden mußte.

Die Gastronomen hatten ihre Tische und Stühle ein bißchen umgruppiert, um ihren Kunden freien Blick auf das steinerne Chaos zu bieten. Es war ein schöner Tag – Sonne, ein wenig Kaffeeduft und die Hoffnung auf einen heißen

Sommer mit langen Abenden lagen in der Luft. Ein Gastwirt bot mit lauter Stimme seinen neu erfundenen »Trümmercocktail« an. Ich orderte ein Glas und setzte mich an einen der Tische. Es war Mittag und damit Zeit für eine kleine Pause. Das Getränk wurde gebracht – eine Mischung aus Eierlikör und Sekt, die grauenvoll schmeckte.

Ich sah mich um. Wo sollte ich anfangen? In dem kleinen Schuhgeschäft oder in der Bäckerei? Vielleicht in der Apotheke? Sie lag am nächsten zur Schutthalde.

Wenige Minuten später betrat ich den Laden und verlangte, den Besitzer zu sprechen. Er hieß James Kossmann. Ich stellte mich vor.

»Ich kenne Sie«, behauptete er. »Ich bin für die Mehrheitspartei im Stadtrat und habe Sie mal während einer Sitzung auf den Presseplätzen gesehen.«

Jetzt fiel es mir wieder ein. Kossmann war einer der Hinterbänkler, die kaum ein Wort sagten, für ihre Partei aber unverzichtbar waren, weil sie immer zur richtigen Zeit den Finger hoben.

»Sie wissen doch sicher, daß man gestern eine Leiche in den Trümmern gefunden hat«, begann ich. »Nach meinen Recherchen muß der Mörder sie in der Nacht zum Sonntag dort abgelegt haben. Vorher hat er bestimmt die Lage gepeilt. Ist Ihnen am Tag vor der Sprengung irgendwas aufgefallen? War etwas anders als sonst?«

Kossmann deutete auf einen Besucherstuhl, der zwischen dem Regal mit den Schmerzmitteln und der Naturkosmetikabteilung stand.

»Ich würde Ihnen ja gern helfen«, sagte er, »aber mir ist nichts aufgefallen. Ich habe den ganzen Tag Kunden bedient.«

»Und die Tage davor?«

Kossmann überlegte. Er war ein Mann von Anfang Fünfzig, hatte eine Halbglatze und einen dichten Vollbart. Die Uhr an seinem Handgelenk und die handgenähten Schuhe an den Füßen ließen mich wissen, daß er unter dem Kostendämpfungsgesetz im Gesundheitswesen noch nicht übermäßig gelitten haben konnte. Er war teuer und langweilig gekleidet.

»Alles war eigentlich wie immer. Nichts Ungewöhnliches. Außer ... nein, das hat bestimmt nichts mit dem Mord zu tun.«

»Erzählen Sie's trotzdem, Herr Kossmann«, bat ich.

»Da war die Sache mit dem Geigenspieler ...«

»Ein Geigenspieler?«

»Ich war deshalb schon bei der Polizei – im Betrugsdezernat. Die machen mir allerdings wenig Hoffnung, daß ich mein Geld wiederbekomme.«

Ich verstand nur Bahnhof. »Erzählen Sie mir die Sache bitte von Anfang an, Herr Kossmann.«

»Vor etwa zwei Wochen begann es. Ein junger Mann lief auf dem Platz herum und spielte Geige. Wunderschöne Melodien. Nicht so Zigeunerzeug, sondern gehobene klassische Stücke. Ich kenne mich aus, denn ich habe ein Konzertabonnement bei den Städtischen Bühnen. Ich genoß die Musik, summte die Stücke manchmal sogar mit. Am dritten Tag betrat der Geigenspieler meine Apotheke. Er behauptete, Kopfschmerzen zu haben, und bat um eine Tablette. Natürlich gab ich sie ihm. Dann kamen wir ins Gespräch.«

Der junge Musiker hatte Kossmann von einem abgebrochenen Geigenstudium erzählt und von der Violine, die er von seinem Großvater geerbt hatte. Der gutgläubige Apotheker lud ihn schließlich zum Mittagessen ein und kümmerte sich um ihn.

»Ich bot sogar an, ihm ein Zimmer zu besorgen, denn er hatte kein Dach über dem Kopf – so sagte er jedenfalls.«

»Wo hat er denn übernachtet?«

»Deshalb erzähle ich Ihnen die Sache ja, Frau Grappa«, fuhr Kossmann fort. »Er sagte mir, daß er auf dem Platz schliefe. In der Nähe der Bibliothek. Wenn das stimmt, dann hat er vielleicht etwas mitgekriegt. Von dem Mord, meine ich.«

»Das ist ein wertvoller Hinweis«, lobte ich. »Aber erzählen Sie weiter.«

»Vor ungefähr einer Woche bat mich der junge Mann, seine Geige, den Bogen und den Klappstuhl in meinem Laden deponieren zu dürfen, da er eine dringende Besorgung zu machen habe. Ich stimmte natürlich zu – warum auch nicht? Ich legte die Geige hierhin ...« Kossmann deutete auf den Tisch vor uns.

»Wo ist die Pointe?« fragte ich.

»Die kommt noch, Frau Grappa. Der Geiger war gerade mal zwei Stunden weg, als ein Pärchen mein Geschäft betrat. Der Mann war groß und schlank, ganz schwarz gekleidet mit einem Schnurrbart und einem weißen Seidenschal. Die Frau war sehr attraktiv, sie trug eine rote Federboa um den Hals und allerhand Schmuck. Die beiden sahen wie Künstler aus. Der Mann verlangte nach einem Heuschnupfenmittel, als sein Blick auf die Violine fiel. Er fragte, ob er sie berühren dürfe. Bevor ich antworten konnte, hatte er sie schon hochgehoben, ans Kinn gedrückt, den Bogen genommen und zu spielen begonnen. Wunderbare Töne, sage ich Ihnen! Meine Angestellten stellten ihre Arbeit ein, auch die Kunden lauschten aufmerksam – so außergewöhnlich war das alles. Der Mann behauptete schließlich, daß die Geige in seiner Hand eine sehr alte *Stradivari cremonensis* sei. Er wollte sie mir abkaufen.«

»Sie gehörte Ihnen doch nicht!«

»Eben. Deshalb sagte ich nein, bot mich aber an, ihn mit dem Straßenmusikanten bekannt zu machen.«

»Und? Was hat er gesagt?« Der Mann nervte mich mit seiner umständlichen Erzählweise.

»Die Frau wollte das nicht. Ihr Mann sei der berühmte Geiger Milan Ulanov aus der Ukraine, ein international bekannter Star. Wenn der Besitzer der Stradivari das erführe, würde er den Preis für die Geige sicherlich in astronomische Höhen schrauben. Ob ich nicht für ihren Mann verhandeln könnte? Ich sollte ihm bis zu 10.000 Mark für das Instrument bieten.«

»Und?« Langsam erahnte ich das Ende der Story. »Ist dieser Ulanov wirklich ein bekannter Virtuose?«

Kossmann ignorierte meine Frage. »Ich willigte ein. Die beiden wollten am nächsten Tag wiederkommen. Als der junge Mann wieder da war, um seine Sachen zu holen, bot ich ihm für die Geige Geld an. Er wollte zuerst nicht, konnte dann aber doch nicht widerstehen. Ich gab ihm 8.000 Mark aus der Kasse.«

»Der berühmte Geiger Ulanov ist bestimmt nicht wieder aufgetaucht, stimmt's?«

Kossmann nickte. »So ist es. Der Straßenmusikant hat am nächsten Tag wieder auf dem Platz gespielt. Ich habe ihn natürlich angesprochen, doch er hatte mit der Sache angeblich nichts zu tun. Die Polizei konnte nichts machen, denn ich habe ihm die 8.000 Mark ja schließlich aufgedrängt. Als die Beamten im Betrugsdezernat schließlich Parallelen zu ähnlichen Fällen zogen, ist der Geiger verschwunden.«

»Dumm gelaufen.«

»Die Geige ist übrigens kaum etwas wert«, vervollständigte Kossmann seine blumenreiche Erzählung. »Ich hab sie überprüfen lassen. Von wegen Stradivari!«

Neutrale Tüte

Eine Ära geht zu Ende – noch immer waren die Werbezettel des Bierstädter Teppichkönigs Ali Tabibi auf den Litfaßsäulen und an den Straßenbahnhaltestellen in der Innenstadt aufgeklebt. Tabibi stemmte auf den Plakaten einen Teppichstapel vor der noch nicht in die Luft gesprengten Bibliothek. Er trug einen seriösen Anzug, war glatt rasiert, grauhaarig und bediente in keiner Weise das Klischee eines säbelschwingenden blutrünstigen Orientalen, der das Abendland im Namen Allahs versklaven will.

Mein Magen knurrte. Auf Bierstadts Goldener Meile gab es fast keine Restaurants, in denen man auf die Schnelle seinen Hunger stillen konnte. Unverhofft stand ich vor einem Fast-Food-Restaurant, einem amerikanischen, das dafür bekannt war, seine Mitarbeiter gnadenlos auszubeuten, die Regenwaldabholzung in den Tropen zu forcieren und ordentliche Betriebsratswahlen zu behindern. Drei Kids kamen mir entgegen, in den Händen kleine Tüten mit goldgelben Kartoffelstäbchen. Sie sahen knusprig und frisch aus.

Ich verwarf den spontanen Gedanken, den multinationalen, zutiefst kapitalistischen Konzern mit meinem Geld zu unterstützen, und entfernte mich. Nach zwanzig Metern schaute ich mich um. Nein, ich sah niemanden, den ich kannte und der mir mein klägliches gesellschaftliches Versagen würde vorwerfen können.

Ich drehte um, lief schnurstracks zum Eingang der Fast-Food-Bude, noch schnell ein weiterer Blick nach rechts und links, keine verdächtigen Personen, und drin war ich.

An den Tischen saßen vorwiegend junge Menschen mit Walkmen und Kopfhörern, genüßlich ihre *Bigmäcs* oder *ChickenMacNuggets* mümmelnd. Ihre Blicke irrten orientierungslos durch den Raum, in dem das ausgebeutete Personal Tische abräumte und Aschenbecher leerte.

»Was kann ich für Sie tun?« Ich hatte mich in die Warteschlange vor einem Schalter eingereiht.

Ein junger Mann in adretter Uniform und mit einem niedlichen Käppchen auf dem Haupt hatte mir diese Gewissensfrage gestellt.

»Pommes frites«, stammelte ich. »Eine doppelte Portion.«

»Wird erledigt.«

Ich peilte nochmals die Lage. Keine Gefahr, schoß es mir durch den Kopf, jetzt oder nie. Das Geld hatte ich in der Hand, nur schnell weg hier, wenn die Übergabe erfolgt war.

Schwer atmend stand ich einige Augenblicke später auf der Fußgängerzone. Geschafft! Leider prangte auf der Papiertüte unverkennbar das provozierende Logo des Fast-Food-Konzerns, jeder konnte sehen, wo ich gewesen war.

Panisch kramte ich in meiner Handtasche nach einem neutralen Blatt Papier. Ich fand schließlich den Ausdruck einer Agenturmeldung vom Tod Ali Tabibis. Ich faltete daraus eine Spitztüte und schüttete meine Kartoffelbeute hinein.

Gerade noch rechtzeitig. »Hallo, Grappa!«

Ich schreckte herum. Es war Peter Jansen.

»Ich will schnell einen Happen essen«, tat er kund. »Kommst du mit?« Er deutete mit dem Kinn auf die Fassade des Fast-Food-Konzerns.

»Ich?« empörte ich mich. »Kein Gedanke! Weißt du nicht, wie das Personal in diesen Läden ausgebeutet wird? Und jeden Tag werden Tausende Hektar von Tropenwald vernichtet, damit die Rinder für die Hamburger dort weiden können. Um nichts in der Welt würde ich ...«

»Entschuldige, Grappa«, grinste Jansen. »Ich will natürlich nicht, daß du gegen dein Gewissen handelst. Aber die machen halt so gute Pommes. Die sehen fast so aus wie die, die du da vor mir zu verstecken versuchst.«

»Was unterstellst du mir ...« Ich bemühte mich, entrüstet zu sein.

»Hallo, meine Dame«, sagte eine Stimme. Vor uns stand der junge Mann in der Fast-Food-Uniform. »Sie bekommen noch Geld zurück.«

»Meinen Sie mich?« fragte ich erstaunt.

»Ja. Sie haben mit zehn Mark bezahlt, als Sie die doppelte Portion Pommes gekauft haben. Und dann waren Sie so schnell weg ...«

»Ist ja gut«, sagte ich schnell. »Den Rest können Sie behalten. Haben Sie noch nie im Leben Trinkgeld bekommen?«

Suche nach einem Geiger

Es gab nur eine kleine Chance, daß der Geigenspieler, der den Apotheker so brillant reingelegt hatte, den Transport der Leiche beobachtet hatte. Und wenn – er würde niemals freiwillig bei der Polizei aussagen und sich damit der Gefahr einer Anzeige wegen Betruges aussetzen. Ich mußte ihn mit einem Trick dazu bewegen, sich bei mir zu melden.

Viel Zeit hatte ich nicht. Oberstaatsanwalt Dr. Hasso Klima war bestimmt schon auf der Spur des Musikanten – ich mußte schneller sein als er.

Peter Jansen war einverstanden, daß ich den verschwundenen Zeugen durch einen Artikel im *Bierstädter Tageblatt* aufspürte. Wir hatten zusammen gegessen, nachdem er ein paar Kübel Spott über mich ausgegossen und mir geschworen hatte, sein Wissen von meinem Ausflug in die Welt des Kapitalismus für sich zu behalten.

Wer spielte am letzten Tag die Geige? hieß es in der Überschrift eines Zweispalters auf der ersten Lokalseite.

Im Text behauptete ich, daß unser *Tageblatt* eine Reportage über die letzten Tage vor dem Fall der Bibliothek planen würde. In dem Zusammenhang würden wir den Geigenspieler suchen, der in den Tagen davor in der City herumgefiedelt habe. Jansen fand die Story etwas schlapp – »Du hast schon geschickter gelogen« –, doch mir fiel nichts Besseres ein.

Klar, daß der junge Mann uns die Geschichte nicht abkaufen würde. Deshalb gab ich in dem Artikel meine private Telefonnummer an und sicherte Anonymität zu. Ich hoffte, daß wenigstens die Staatsanwaltschaft keine Lunte riechen würde.

Auf dem Weg nach Hause kaufte ich mir in der Buchhandlung ein Bestimmungsbuch über Südseefische. Es konnte nicht schaden, wenn ich mich mit den Herzensangelegenheiten meines Gegners näher befaßte.

Zunächst sah ich mir nur die Bilder an. Nette farbenfrohe Tierchen mit schwierigen Namen, manche von ihnen harpuniert neben hübschen, leicht bekleideten Südsee-Insulanern, die ihre Beute stolz ins Objektiv der Fotokamera hielten. Ob sich Hasso Klima auch so fühlte, wenn er einen Mörder erlegt hatte?

Plötzlich bekam ich Sehnsucht nach Urlaub. Die Südsee mußte es ja nicht gerade sein – zu weit weg, zu viel Meer, zu viele Wirbelstürme. Weinanbau gab es dort auch nicht.

Ich ging zum Kühlschrank und wurde bitter enttäuscht. Es war kein Weißwein mehr da. Zu spät, um einzukaufen – es war kurz nach 20 Uhr. Aber nicht zu spät für den Italiener um die Ecke. Ich wählte Solos Telefonnummer.

»Ja, bitte?« sagte eine verschlafene weibliche Stimme.

»Ist Mustafa da?«

»Hier gibt es keinen Mustafa«, sagte die Frau.

»Kann ich dann Solo sprechen?«

»Auch den gibt's hier nicht. Sie müssen sich verwählt haben. Auf Wiederhören.«

Ich war eine Weile verdutzt, denn ich hatte die richtige Nummer gewählt. Ich versuchte es noch einmal. Am anderen Ende der Leitung blieb es still.

Komisch, dachte ich, ob Engelchen aufgetaucht ist? Nein, sowas gab's nur in Schnulzen. Solo tröstete sich derweil mit einer anderen, während seine große Liebe wo auch immer herumturnte.

Der »Rassesieger«

»Ich habe gerade dein Käseblatt gelesen«, ertönte Solos Stimme am nächsten Morgen aus dem Telefonhörer.

»Beleidige mein Blatt nicht«, gähnte ich. »Schließlich hast du da auch mal deine Brötchen verdient. Was gibt's so früh am Tag?«

»Du suchst einen Geigenspieler«, erwiderte der Fotograf. »Warum hast du mich nicht nach ihm gefragt?«

»Warum sollte ich?« Ich hatte mich im Bett aufgesetzt und einen schüchternen Blick auf die Uhr geworfen. Es war halb sieben!

»Ich kenne ihn«, behauptete Solo. »Und ich habe sogar ein Foto von dem Fiedelfritzen. Was sagst du dazu?«

»Wenn's stimmt, finde ich das genial. Hast du auch eine Erklärung parat?«

»Das war ein echter Zufall. Ich habe in den Tagen vor der Sprengung Fotos auf dem Platz gemacht. Atmosphäre, Menschen, Sonne, Bier, alleinerziehende Mütter, leicht bekleidete Girlies und gaffende Frührentner – du verstehst? Da kam der Geiger genau richtig. Ich stellte also mein Objektiv ein und lichtete ihn ab. Doch der Kerl kam auf mich zu und verlangte Kohle. Wie findest du das?«

»Völlig in Ordnung«, antwortete ich und versuchte, mit den Füßen in die Hausschuhe zu kommen. »Wieviel hast du ihm gegeben?«

»Einen Zwanziger. Wir kamen ins Gespräch. Netter Typ. Er wollte weiter zu irgendeiner Sommerkirmes in einem Kaff im Sauerland, dessen Name mir entfallen ist.«

»Ich habe keine Lust, über Sauerländer Dörfer zu tingeln«, maulte ich. »Der Typ muß doch irgendwo wohnen.«

»Ich habe ihm ein paar Abzüge der Fotos versprochen«, erzählte Solo. »Ich soll sie auf der Hauptpost deponieren. Nächste Woche. Postfach mit Kennwort.«

»Ist ja Klasse«, jubelte ich, »er ist also noch im Land. Sag mir das Kennwort!«

»Nein, erst erzählst du mir, warum du ihn suchst.«

»Die Geschichte dauert länger«, entgegnete ich. »Wenn du in einer dreiviertel Stunde mit frischen Brötchen vor meiner Tür stehst, bekommst du nicht nur einen leckeren dampfenden Kaffee sondern auch noch eine wahnsinnige Geschichte serviert. Okay?«

»Gebongt.«

Solo brachte nicht nur Brötchen, sondern auch ein Foto des Geigenspielers mit. Der junge Mann sah ausgesprochen gut aus. Jetzt verstand ich den Apotheker, daß er auf das offene Gesicht mit dem sympathischen Lächeln abgefahren war. Solo hatte den Geigenspieler von unten rechts fotografiert. Im Hintergrund war die Bibliothek zu sehen – mit leeren Fenstern und kaputten Jalousien. Das Gebäude strahlte eine morbide Endzeitstimmung aus, der junge Mann davor stand für Lebenslust und Charme.

»Mein Gott, ist der hübsch!« entfuhr es mir.

»Er hat an dem Tag auch eine Menge abkassiert«, erzählte Solo. »Damen deines Alters – die Wechseljahre in greifbarer Nähe – schienen ihn besonders zu schätzen. Sie warfen ihm die Geldscheine nur so nach. Er erinnert sie vermutlich an ihre eigene Jugend.«

»Du bist ein Arsch«, meinte ich grob. »Es gibt nun mal Menschen, die von der Natur überreich ausgestattet wurden. Tut mir leid, daß du nicht dazu zählst. Der da hat was! Achte auf seine Körperhaltung!«

Rache war süß. Ich strich mit dem Zeigefinger über die Konturen der Figur auf dem Foto. »Stramm, fest, biegsam und elegant. Schau mal, wie possierlich er den Bogen hält! Als sei er eins mit ihm. Und dann das dunkle Haar mit dieser niedlichen Locke, die ihm übers rechte Auge fällt ...«

»Das hört sich an wie die Beschreibung des Rassesiegers in einer Hundeschau«, behauptete Solo. »Fehlt nur noch die Beschreibung ...« – er ahmte meinen Tonfall nach – »... wie genial er mit dem Schwänzchen wedelt, der süße Kleine.« Wir prusteten los.

»Und jetzt bist du dran, Grappa«, nahm Solo den Faden wieder auf. »Warum suchst du ihn?«

Ich setzte ihn halbwegs ins Bild. Dann fragte ich: »Wer ist die Frau in deiner Wohnung?«

»Welche Frau?« Es klang ehrlich erstaunt.

»Ich habe versucht, dich zu erreichen, doch da war nur eine Frau dran.«

»Du hast dich verwählt, Grappa. In meinem Leben gibt es keine Frau. Für solche Faxen habe ich gar keine Zeit.«

Hallo, Ihr Tiefflieger!

Solo versprach, dafür zu sorgen, daß sich der Geigenspieler bei mir meldete. Ich verließ mich auf ihn – nicht zuletzt deshalb, weil an diesem Morgen in der Redaktion alles Kopf stand. Etwas war geschehen in dieser Stadt – denn die Verwaltung lud plötzlich zu einer Pressekonferenz ins Boudoir des Bierstädter Oberbürgermeisters Gregor Gottwald im Rathaus ein.

»Ich habe keine Ahnung, um was es geht«, berichtete Peter Jansen. »Aus dem Pressechef der Stadt war absolut nichts herauszubekommen. Also muß es etwas Wichtiges sein.«

»Da hast du recht«, stimmte ich zu. »Sonst plaudert Trabbel doch immer alles aus, ohne es zu merken. Ein paar geschickte Fragen und man erfährt, was man will. Wer läuft denn noch auf?«

»Außer Gregor Gottwald haben sich der Oberstadtdirektor, der Polizeipräsident und Oberstaatsanwalt Dr. Klima angesagt. Na ja, ich werde gleich wissen, was los ist – in einer halben Stunde.«

»Kann ich mitkommen?« fragte ich. »Vielleicht hat die Sache mit dem Mord an Tabibi zu tun.«

»Das kann ich mir nicht vorstellen«, winkte Jansen ab. »Hier geht es um etwas Politisches. Aber – ich hab nichts dagegen, dich mitzunehmen. Deine Auftritte bei den grauen, wichtigen Herren in dieser Stadt sind immer so furchtbar herzerfrischend.«

Ich blickte überrascht hoch. »Meinst du damit, daß ich mich nicht benehmen kann?«

»Nicht direkt«, grinste Jansen. Er steckte einen Notizblock in die Tasche seiner Jacke und prüfte die Schreibbereitschaft seines Filzstiftes. »Die halten dich höchstens für eine Nervensäge. Dein Name sei ein Synonym für Ärger – so hat es der Oberbürgermeister mal formuliert.«

»Nur weil ich mich mit lauen Antworten auf klare Fragen nicht zufrieden gebe«, verteidigte ich mich. »Die Bierstädter Politamateure sind kritische Fragen von Profis halt nicht gewöhnt. Aber das ist ganz allein deren Problem. Ich mache nur meine Arbeit. Und die mache ich gut.«

»So seh ich das auch«, stimmte Jansen zu. »Wenigstens einer in unserer Redaktion, der seinen Job aus dem Effeff beherrscht. Was wären wir nur ohne dich?«

»So hab ich das auch wieder nicht gemeint«, rief ich. »Jeder hackt heute auf mir herum. Das finde ich ungerecht.«

»Genug lamentiert?« fragte er. »Können wir jetzt endlich gehen?«

Der Fußweg zum Rathaus war nur etwa 500 Meter lang. Er führte an Kossmanns Apotheke, an der gesprengten Bibliothek und dem Teppichparadies des ermordeten Tabibi vorbei.

»Schau mal.« Ich wies auf die Schaufenster des Teppichladens. *Wegen eines tragischen Todesfalles in unserem Hause reduzieren wir alle Waren um 50 Prozent* stand in großen schwarzen Lettern auf riesigen Plakaten.

»Das Leben geht weiter«, schüttelte Jansen den Kopf, »besonders im orientalischen Teppichhandel. Die Leute sind wirklich flexibel. Egal, was passiert, es wird kreativ in den Handel miteinbezogen. Vielleicht ist der Mord an Tabibi in Wahrheit ein Werbegag?«

Ich lachte. »Phantasie haben die Morgenländer genug – denk nur mal an die Geschichten aus Tausendundeiner Nacht. Da schwingt sich manch einer auf einen Teppich, und tschüs. Vielleicht taucht Tabibi irgendwann auch wieder auf.«

»Leider liegt der Arme ziemlich tot in der Gerichtsmedizin«, sagte Jansen trocken.

Wir waren am Rathaus angekommen. Mit dem Fahrstuhl düsten wir in die zweite Etage und folgten dem Schild *Oberbürgermeister*. Im Flur vor den Amtsräumen lag ein großer Orientteppich.

»Die wollenen Fußabtreter verfolgen einen auf Schritt und Tritt«, stellte ich fest. »Überall sehe ich neuerdings diese bombastischen Blumenmuster. Ich träume schon nachts davon! Komm, schnell weg hier!«

Der florale Teppich war jetzt in unserem Rücken. Doch ich war noch lange nicht erlöst.

»Schon wieder Blumen«, stöhnte ich. An der Wand hingen Aquarelle von Gregor Gottwalds Lieblingskünstlerin: Löwenmäulchensträuße, Kornblumengebinde, Mohnfelder und Rosengestecke.

»Es sind aber auch ein paar Landschaften dabei«, lachte Jansen. »Du mußt nur genau hingucken.«

Ich tat's und sah spanische Berge mit niedlichen Dörfern, blaue Wasser mit weißen Booten und tiefgrüne Nadelwälder mit äsendem Rotwild.

»Ich brauche einen schönen, starken Kaffee ohne die geringste Spur von Zucker«, stieß ich hervor. »Hier klebt ohnehin schon alles.«

Jansen klopfte an die Tür des Vorzimmers des OB, und wir traten ein. Im Sitzungszimmer hatten sich bereits einige Journalisten versammelt, ein Kamerateam leuchtete ein, und der Kollege vom Radio überprüfte den Zustand seines Recorders: »Eins, zwei, drei ...«

Der Oberstadtdirektor, der Polizeipräsident, Pressechef Henri Trabbel und Oberstaatsanwalt Dr. Hasso Klima saßen auf ihren Plätzen, den Stuhl in ihrer Mitte hatten sie freigelassen – für Oberbürgermeister Gottwald. Er kam bei solchen Anlässen immer als letzter – und konnte sicher sein, daß sein Auftritt entsprechend bemerkt wurde.

Henri Trabbels Gesichtsfarbe harmonierte mit dem mittleren Grün seines Jacketts – die Sache mußte ernst sein. Er betrachtete die Journalisten, flüsterte ihre Namen, um sein Gedächtnis zu testen, und hakte einen nach dem anderen auf seiner Liste ab. Seine Hände und der Überbiß zitterten.

»Wie heißt noch mal der Oberstadtdirektor?« fragte ich Jansen flüsternd.

»Ist nicht wichtig«, flüsterte Jansen zurück. »Den Namen brauchst du dir nicht zu merken. Gottwald nennt ihn immer nur Karl oder Hömma. Manchmal auch Komma.«

Ich prustete los, hangelte nach der Kaffeekanne und füllte meine Tasse. Eine Hand schob das Milchkännchen in meine Richtung.

Dr. Hasso Klima lächelte mich freundlich an. »Ich weiß, daß Sie den Kaffee mit Milch trinken. Ist es recht so?«

»Wie aufmerksam«, sagte ich verblüfft. »Soviel Entgegenkommen bin ich gar nicht gewöhnt.«

»Liebe gnädige Frau! Geben Sie einem Beamten wie mir die Chance auf Besserung«, scherzte er. Sein Lächeln war neckisch und kam nicht bis zu den Augen.

Jetzt ist Vorsicht angebracht, dachte ich. Noch nie hatte mich jemand als »gnädige Frau« tituliert, ohne mich anschließend über den Tisch ziehen zu wollen. Doch ich wollte keine Spielverderberin sein. Ich setzte mein zuckersüßestes Lächeln auf und flötete: »Sollte dies der Beginn einer erfolgreichen Zusammenarbeit zwischen uns sein?«

»Es würde mich freuen«, sülzte er.

»Was will Glatze von dir?« raunte mir Jansen zu, als Klima durch Henri Trabbel abgelenkt wurde.

»Er ist bezaubert von meinem Charme«, antwortete ich. »Was sonst?«

Aus Jansens Kehle fand ein amüsierter Gluckser den Weg ins Freie. Ich ignorierte ihn und wandte mich wieder dem Staatsanwalt zu. »Gibt es eigentlich Neuigkeiten im Mordfall Tabibi?«

»Wir haben noch keine heiße Spur«, gab der Oberstaatsanwalt zu. »Zur Zeit fahnden wir nach einem jungen Mann, der auf dem Platz übernachtet haben soll. Könnte es sein, daß es derselbe ist, den Sie heute in Ihrer Zeitung suchen? Der Mann mit der Geige? Sie sagen mir doch sicherlich Bescheid, wenn er sich bei Ihnen meldet?«

Gregor Gottwald bewahrte mich davor, eine Antwort geben zu müssen. Der Oberbürgermeister rauschte herein, drei Schritte hinter ihm sein Referent. Ich schloß geblendet die Augen – der OB trug eine wild geblümte Krawatte.

»Was ist?« fragte Jansen.

»Schon wieder Blumen«, stöhnte ich.

Gottwald hatte die Siebzig zwar schon überschritten, doch sein Gang war noch schnell und elastisch. In Bierstadt scharrte der eine oder eine bereits mit den Füßen, um den OB-Sessel zu besteigen. Doch die Wetten standen gut, daß Gottwald das Zepter erst zeitgleich mit dem eigenen Löffel abgeben würde.

Der Genosse Oberstadtdirektor sprang auf, verbeugte sich leicht und drückte Gottwald die Hand. »Schön, dich zu sehen, Gregor.«

Gottwald nahm ihn nicht groß zur Kenntnis. »Eine ernste Sache hat uns heute alle zusammengeführt«, begann er, »ich und die Stadtspitze ...« – er warf einen halben Blick auf Karl, den Oberstadtdirektor – »... sind der festen Meinung, daß Sie alle über das, was wir gleich bereden, äußerstes Stillschweigen bewahren.«

Ein unwilliges Raunen ging durch die Journalistenschar.

»Übergeordnete Gründe, die die Sicherheit und Ordnung unseres schönen Bierstadt betreffen, machen eine solche Forderung unerläßlich. Wer sich von Ihnen nicht daran halten will, den möchte ich jetzt bitten zu gehen!«

Das war unmißverständlich. Gottwald blickte in die Runde, doch niemand stand auf. Sie alle hingen an der Angel, die Neugier hieß.

»Sehr schön.« Der Oberbürgermeister lächelte und lehnte sich in seinen Sessel zurück. »Ich übergebe das Wort an den Polizeipräsidenten.«

»Vielen Dank«, nickte der Angesprochene. »Ich muß Ihnen mitteilen, daß eine Gruppe oder ein Einzeltäter die Kommune um eine Millionensumme erpreßt. Es werden Anschläge auf die Gesundheit der Bürger und die öffentliche Sicherheit angedroht. Außerdem verlangen die Erpresser die sofortige Aussetzung der Erweiterungsmaßnahmen auf dem Bierstädter Flughafen und den Stop des zur Zeit laufenden Planfeststellungsverfahrens.«

Henri Trabbel sprang auf und verteilte Papiere. Es waren Kopien des Briefes der unbekannten Erpresser. Ich las:

Sehr geehrte Damen und Herren!

Nach Abstimmung sind wir überein gekommen, die Stadt Bierstadt um 4 Mio Mark zu erleichtern. Weiterhin fordern wir den sofortigen Stop des Ausbaus des Bierstädter Flugplatzes. Wir sind in der Lage, die öffentliche Ordnung und Sicherheit in einem großen Maße lahmzulegen. Zu Demonstrationszwecken halten wir einige Aktionen bereit, um deutlich zu machen, daß es sich um eine echte Erpressung handelt. Einen kleinen Beweis unserer Möglichkeiten haben Sie in den Trümmern der Bibliothek gefunden.

Wir nehmen die Gesundheitsbeeinträchtigung der Bevölkerung in Kauf. Geben Sie bitte eine Anzeige in der nächsten Ausgabe der Anzeigenzeitung »Reviermarkt« in der Rubrik »Verschiedenes« auf, um Ihre Kooperationsbereitschaft zu dokumentieren, mit folgendem Text:

»Hallo, Ihr kleingläubigen Tiefflieger. Danke für die Bombenstimmung im Underground. Eure Fantastischen Fünf.«

Geben Sie in der Anzeige die Durchwahlnummer der Polizei an, unter der wir eine Kontaktperson erreichen können.

»Nehmen Sie die Sache ernst?« preschte ich vor. Das Ganze kam mir vor wie eine Idee, die von einer übermütigen Herrenrunde am Biertisch ausgebrütet worden war.

»Sonst säßen wir ja wohl kaum hier«, entgegnete der Polizeipräsident säuerlich.

»Wie sind Sie in den Besitz des Schreibens gelangt?« legte der Kollege vom Lokalradio nach. Er fummelte mit dem Mikrophon vor der Nase des Polizeichefs herum.

»Stell die Kiste ab, Mann!« meldete sich Gregor Gottwald zu Wort. Der Befehl war nicht zu überhören. Verdattert gehorchte der Radiomann und murmelte etwas von »Reflex«.

»Der Brief wurde im Ruhrgebiet aufgegeben. Wo genau, das können wir Ihnen aus ermittlungstechnischen Gründen nicht sagen. Das Original ging vor zwei Tagen in der städtischen Poststelle ein. Eine Kopie wurde zeitgleich an die Geschäftsführung des Bierstädter Verkehrslandeplatzes geschickt.«

Hasso Klima hatte während des Berichtes des Polizeipräsidenten wie auf heißen Kohlen gesessen. Auf seinem kahlgeschorenen Kopf prangten rote Flecken, in den Mundwinkeln hatte sich Speichel gesammelt. Er drängte sich nach einem verbalen Einsatz. Seine Chance sollte kommen.

»In dem Brief haben die Erpresser den Mord an Ali Tabibi gestanden«, warf ich in die Runde. »Und doch sagte mir

Herr Dr. Klima eben, daß es noch keine heiße Spur in dem Fall gäbe. Wie paßt das zusammen?«

»Das ist einfach zu erklären, Frau Grappa«, begann Klima. Seine Stimme war wichtig. »Der Erpresser hat von dem Mord in der Zeitung gelesen und ist auf den fahrenden Zug aufgesprungen. Die Staatsanwaltschaft nimmt den Erpressungsversuch ernst, doch das Mordgeständnis ist heiße Luft.«

»Sind Sicherheitsmaßnahmen veranlaßt worden?« fragte Peter Jansen.

Klima nickte. »Der Briefeschreiber spricht von *Bombenstimmung im Underground* – das könnte auf ein geplantes Attentat in der Untergrundbahn hinweisen. Also habe ich die Polizei angewiesen, dort zuerst für Sicherheit zu sorgen. Die U-Bahnhöfe werden durch Polizeibeamte rund um die Uhr bewacht – auch wenn diese Maßnahme keine hundertprozentige Sicherheit garantiert.«

»Vier Millionen und Ausbaustopp des Flughafens«, mischte ein Kollege vom Boulevardblatt mit. »Also nicht nur Geld, sondern auch politische Forderungen. Das könnte doch auch auf Terroristen deuten!«

»Wir werden in alle Richtungen ermitteln. Linksterroristen – aber auch Rechtsradikale und Anarchisten.«

»Was ist mit arabischen Fundamentalisten?« warf ich ein.

»Wie kommen Sie denn darauf?«

»Denken Sie an die ungewöhnliche Todesart Tabibis. Der Mörder hat ihn langsam verbluten lassen. So werden in islamischen Ländern Tiere vor dem Opferfest geschlachtet.«

Klimas Blick flackerte. »Es deutet nichts auf einen religiösen Hintergrund hin«, behauptete er. Ich glaubte ihm kein Wort.

»Tabibi war nicht gerade ein strenggläubiger Muselmane, der brav auf den Pfaden des Korans gewandelt ist«, beharrte ich. »Es ist ja wohl hinlänglich bekannt, daß der Iran seine innenpolitischen Konflikte manchmal auf dem Boden anderer Staaten löst.«

»Ach du lieber Himmel! Ihre blühende Phantasie ist olympiareif«, machte sich Klima lustig. »Doch wir sind nicht im Wilden Westen, gnädige Frau!«

Das »gnädige Frau« triefte vor Ironie. Ein paar Kollegen lachten. Ich wollte gerade stinkig werden, als ich Jansens Schuh an meinem Schienbein spürte.

»Laß gut sein, Grappa!« zischte er und sagte dann laut: »Werden Sie die verlangte Anzeige im *Reviermarkt* schalten?«

»In der nächsten Ausgabe ist sie drin«, bestätigte Oberbürgermeister Gottwald. »Mal schauen, wann die Burschen aus ihren Löchern kriechen. Gezahlt wird auf keinen Fall.«

»Und die Drohung?« fragte jemand.

»Abwarten«, antwortete der Oberbürgermeister lakonisch.

»Sie nehmen also in Kauf, daß Menschenleben gefährdet werden?«

»Wer Erpressern nachgibt, ist ein verdammter Schwächling«, polterte Gottwald los. »Die Stadt hat kein Moos für solchen Kinderkram. Vier Millionen für ein paar durchgeknallte Typen, die zuviel Fernsehen glotzen! Wir sind doch nicht mit dem Klammerbeutel gepudert. Die Landebahn auf dem Flughafen wird auch zügig ausgebaut. Und damit Ende! Sonst noch was, Frau Grappa?«

Amerikanischer Adel

»Gottwald degradiert uns Journalisten zu Verlautbarungsknechten«, maulte ich. »Er erteilt Befehle, und wir gehorchen.«

»Du kennst ihn doch, er meint es nicht so«, verteidigte der Chef der Lokalredaktion den Chef des Kommunalparlamentes. »Er ist schon über Siebzig und hat keine Zeit mehr für lange Diskussionen. Ich finde es richtig, daß wir uns zunächst zurückhalten, was diese Erpressung betrifft.«

Jansen und ich waren auf dem Rückweg vom Rathaus in die Redaktion. Wir mußten wieder am orientalischen Teppichparadies vorbei. Zufällig fiel mein Blick auf das Eingangsportal. Es war in Form eines goldenen Tempels gestaltet, rechts und links der Eingangstür stapelten sich Unmengen von schreiend bunten Wollprodukten zu Schleuderpreisen. Das Glas der Flügeltüren spiegelte zwar, doch ich glaubte, im Inneren Solo zu sehen – vertieft in ein Gespräch mit einem schwarzhaarigen kleinen Mann. Ich blieb abrupt stehen.

»Geh schon vor«, bat ich Jansen. »Ich hab noch was in der Stadt zu erledigen.«

»Trägst du deine sauer verdienten Kröten wieder in einen Klamottenladen?«

»Ich brauche dringend ein oder drei Paar Schuhe«, log ich. Noch immer beobachtete ich im Augenwinkel die beiden Männer hinter der Glastür.

»Frauen!« stöhnte Jansen und warf einen Blick gen Himmel. Dann trollte er sich.

Einige Augenblicke später stand ich im Laden, umgeben von der farbenfrohen Pracht des Orients. Die gestapelten Teppiche schluckten jedes Geräusch, an einigen Stellen hatten sich dunkelhaarige Männer in korrekten, schwarzen Anzügen postiert, die die Kundschaft im Auge behielten. An niedrigen Tischen wurden mit leisen Stimmen Verkaufsgespräche geführt – ab und zu klirrte ein Teeglas. In die Mitte des riesigen Raumes hatte man ein überlebensgroßes Porträt des verstorbenen Ali Tabibi gehängt, darunter prangte eine Tafel mit iranischen Zeichen.

Ich sah viel, doch Solo und der kleine Mann waren spurlos verschwunden. »Mist!« entfuhr es mir.

»Kann ich Ihnen helfen?«

Ich schreckte herum. Hinter mir stand ein Angestellter, der sich auf leisen Sohlen herangepirscht hatte.

»Ich habe von draußen einen Bekannten gesehen«, sagte ich. »Er sprach mit einem jungen Mann. Können Sie mir sagen, wo die beiden geblieben sind?«

»Ich habe niemanden gesehen«, behauptete der Mann. Er war sehr freundlich. »Darf ich Ihnen einen unserer wunderbaren Teppiche zeigen? Wir haben bestimmt das Richtige für Sie, meine Dame. Kommen Sie bitte!«

Er deutete mit einer einladenden Handbewegung auf einen meterhohen Stapel schmaler Brücken. Hinter den Orientprodukten bemerkte ich den Rücken eines Mannes. Oben auf dem ersten Teppich lagen Zigaretten. Es war die Marke, mit der sich Solo zu vergiften pflegte. Da ist er ja, dachte ich und ging auf die Gestalt zu.

»Unser Knüpfmeister«, erklärte mein Begleiter. Der Erwähnte drehte sich um und verbeugte sich leicht. »Er repariert beschädigte Stücke und restauriert antike Schätze orientalischer Knüpfkunst. Eine hohe Kunst, die genaueste Präzision erfordert. Er hat einen großen Fundus an Originalwolle. Soll er Ihnen zeigen, wie er arbeitet?«

Der Teppichrestaurator lächelte mich an. Dann griff er zu einem stählernen Werkzeug, einer Mischung aus Haken und Messer.

»Heute nicht«, stammelte ich. Mein Blick saugte sich an dem Messer fest. Das Lächeln des Knüpfmeisters war noch immer in seinem Gesicht, als er sich höflich verbeugte und ging. Ich atmete durch.

»Was darf ich Ihnen zeigen?« blieb der Verkäufer am Ball.

»Eigentlich suche ich nur meinen Bekannten«, wiederholte ich. »Er heißt Mustafa und ist Fotograf.«

»Glauben Sie mir, meine Dame. Ich habe niemanden gesehen.«

»Er sprach mit einem jungen Mann. Ungefähr Ihre Größe, das Haar etwas voller. Vielleicht sind die beiden in die obere Etage gegangen?« Ich ging auf die Freitreppe zu, die in leichtem Bogen nach oben führte.

Der Verkäufer faßte meinen Arm. »Da ist niemand. Im ersten Stock sind Privaträume.« Das verbindliche Lächeln war verschwunden. Ich zog meinen Arm weg.

»Wie Sie meinen«, lenkte ich ein. Zwei Meter von uns entfernt lehnte der Restaurator orientalischer Knüpfschätze an einer geschnitzten Holzsäule. Er spielte mit dem Messer, das im Licht der Kristalleuchten blitzte. Ich glaubte, eine Fortsetzung des Glitzerns in seinen dunklen Augen zu erkennen.

»Dann zeigen Sie mir mal so ein Ding«, meinte ich und deutete auf den Teppichstapel vor uns. »Nicht so groß, nicht so bunt und möglichst keine Blumen.«

»Kein Problem, meine Dame«, begann der Verkäufer mit dem tausendfach zuvor erprobten Ritual. »Ismet – bring bitte Tee!«

Die letzte Aufforderung war an den Knüpfmeister gerichtet. Er schlich davon.

»Ein handgeknüpfter Orientteppich ist ein hochwertiger Einrichtungsgegenstand. Er zeugt von Niveau, Stil und Kultur. Die Blütezeit der persischen Orientteppiche begann vor über 100 Jahren und wurde begründet von berühmten Namen wie *Mohtesham* und *Mohadjeran*. Dieser *Keschan* zum Beispiel ...« – er deutete auf ein beigegrundiges Teil mit breiter roter Bordüre – »... ist ein amerikanischer Re-Import. Er ist etwa sechzig Jahre alt, aus reiner Seide, mit Pflanzenfarben gefärbt. Ein prachtvolles museales Sammlerstück.«

»Keine Blumen«, bat ich. »Hier! Dieser da sieht ganz nett aus ...«

Ich deutete auf einen eidottergelbgrundigen Teppich mit schwarzer Umrahmung. In seinem Inneren gab es zwar ebenfalls Blüten zu sehen, doch sie waren stilisiert und sparsamer plaziert als bei dem anderen Teil.

»Sie haben ein gutes Auge, meine Dame«, lobte der Verkäufer. Wieselflink hatte er das Stück aus dem Stapel befreit und mir präsentiert. »Eines der wertvollsten und schönsten Kleinode unseres Hauses. Ein *Sarugh,* ein fast siebzig Jahre altes meisterliches Einzelstück. Es handelt sich um ein Auktionsstück aus einer Adelsfamilie in Virginia.«

»Interessant«, log ich. »Ich wußte gar nicht, daß es in den USA Adelsfamilien gibt.«

»Emigranten aus Europa«, behauptete der Verkäufer. »Unser verstorbener Meister Ali Tabibi hat dieses kostbare Stück jahrzehntelang in seiner privaten Schatzkammer aufbewahrt.«

»Schreckliche Geschichte, die Sache mit Ihrem Chef«, hakte ich ein.

Der Mann machte ein betrübtes Gesicht. »Der *Sarugh* ist in einem tadellosen Zustand. Kommt er für Sie in Frage?«

»Ich werde ihn wohl kaum bezahlen können.«

»Er kostet nur 16.700 Mark«, lächelte der Mann. »Ein überaus günstiger Preis.«

Der Knüpfer rollte mit einem Tablett an, auf dem sich zwei winzige Täßchen Tee befanden.

»Eigentlich wollte ich mir heute nur ein paar Schuhe kaufen«, gestand ich. »Ich bin nur hier, weil ich meinen Bekannten suche.«

Der Verkäufer reichte mir den Tee. »Es ist möglich, über den Preis zu reden«, meinte er. »Wenn Sie bar bezahlen, können wir uns auf 15.000 Mark einigen.«

»Ich habe keine 15 000 Mark.«

»Wären Sie mit Ratenzahlung einverstanden? 500 DM pro Monat, und das Stück gehört Ihnen!«

»Ich brauche aber keinen Teppich.« Mir stand der Schweiß auf der Stirn.

»Jeder Mensch mit Niveau und Stil braucht einen Teppich«, beharrte der Mann. »Sie können auch 300 Mark pro Monat bezahlen. Kostenlose Teppichwäsche in unserer Wäscherei, einmal pro Jahr inklusive.«

»Ich habe gehört, daß diese Teppiche von kleinen Mädchen geknüpft werden, die zwölf Stunden am Tag schuften müssen ...« versuchte ich dem Verkaufsgenie zu entkommen.

»Nicht bei diesem *Sarugh*«, widersprach er kaltblütig. »Er ist über siebzig Jahre alt. Die Mädchen sind längst erwachsen oder tot.«

»Ich muß gehen«, sagte ich. Mit einem unwirschen Ruck stellte ich das Teeglas auf das Tablett.

»Sie wollen den Teppich also nicht kaufen?« schloß er messerscharf.

»Ich finde Orientteppiche eigentlich scheußlich«, ließ ich verlauten. »Zu bunt, zu viele Blumen, zu teuer. Außerdem habe ich eine Wollallergie. Mir ist schon ganz schwindelig. Ich bin nur hier, weil ich meinen Bekannten gesucht habe.«

Ich ging zügig zum Ausgang. Die Klette verfolgte mich.

»Was bedeuten eigentlich die Schriftzeichen unter dem Foto?« Ich deutete auf das Bild des ermordeten Tabibi über mir.

»Da steht: *Du bist unser Vorbild – Wir werden dich rächen*!« antwortete der Mann. »Mein Vater wird immer unvergessen sein – bis in alle Ewigkeit. Sein Mörder wird wünschen, nie geboren worden zu sein.«

»Ihr Vater?« fragte ich verblüfft.

»Ali Tabibi ist mein verehrungswürdiger Erzeuger. Ich

bin Mamoud, sein ältester Sohn.« Tränen standen in seinen Augen.

»Es tut mir so leid für Sie«, sagte ich leise. »Eine schreckliche Tat. Ich habe über den Fall in der Zeitung geschrieben, ich bin Journalistin. Grappa, mein Name. Haben Sie schon Hinweise auf seinen Mörder?«

»Wir hoffen auf die Professionalität der deutschen Behörden«, behauptete Mamoud Tabibi. »Sie werden den Mörder finden, ihn vor Gericht stellen, und er wird verurteilt werden.«

»Darauf wollen Sie warten?« fragte ich erstaunt.

»Natürlich. Was können wir tun? Wir sind nur Gäste in Ihrem Land.«

»Ich glaube Ihnen kein Wort«, sagte ich. »Sie sprechen von Rache, doch unser Recht kennt nur die Strafe. Der Mörder kriegt im Höchstfall lebenslänglich und ist nach fünfzehn Jahren wieder frei.«

Momoud Tabibi seufzte. »Allah wird uns helfen, die schwierige Frage der Bestrafung eines ruchlosen Mörders zu lösen.«

»Wie Sie meinen«, entgegnete ich. »Ich muß jetzt gehen. Vielen Dank für das Gespräch. Tut mir leid, daß ich keinen Teppich gekauft habe.«

»Ich weiß, daß Ihnen der *Sarugh* gefallen hat.« Tabibi junior reichte mir die Hand zum Abschied. Sein Händedruck war entschlossen. »Schreiben Sie weiter über den feigen Mord an meinem Vater. Wenn Sie uns auf die Spur seines Mörders bringen, wird es mir eine Freude sein, Ihnen den Teppich als Geschenk zu verehren, Frau Grappa!«

Krummsäbel und Geige

»Welche Farbe?« fragte Jansen. Er saß an seinem Schreibtisch, guckte in den PC und versuchte, das morgige Blatt zu layouten.

»Gelb mit schwarzen Bordüren und stilisierten Blumen«, murmelte ich geistesabwesend.

»Was? Willst du zum *Festival der Volksmusik*?«

Jansens Hinweis auf die Humbatäterä-Orgie, die Bierstadts Hallen demnächst drohte, brachte mich wieder in die Wirklichkeit zurück.

»Ich habe keine passenden Schuhe gefunden«, berichtete ich. »Ich habe mich statt dessen in die Geheimnisse des Orients einweihen lassen. Ich war in Tabibis Teppichparadies und habe dort dessen Sohn Mamoud kennengelernt. Er hat dem Mörder seines Vaters blutige Rache geschworen.«

»Das wundert mich nicht«, meinte Jansen, »das ist in den Kreisen so. Auge um Auge, Zahn um Zahn.«

»Der Sohn des Toten ist eigentlich ziemlich zivilisiert«, sagte ich nachdenklich. »Er spricht perfektes Deutsch und scheint gebildet zu sein.«

»Irgendwann ziehen diese Leute alle ihren Krummsäbel«, prophezeite Jansen. »Das steckt tiefer als jede Zivilisation.«

»Deine Einstellung grenzt an Rassismus«, bewertete ich. »Die Perser sind ein kulturell hochstehendes Volk. Als unsere Leute noch brüllend von Baum zu Baum hüpften, schrieben persische Dichter bereits die schönsten Liebesgedichte und verfolgten den Lauf der Sterne.«

»Diese Zeiten sind aber vorbei«, beharrte er. »Guck dir diese brüllenden Fundamentalisten in Teheran an, die die ganze Welt mit ihren gottesstaatlichen Ideen vergiften wollen. Und du hättest als Frau im Iran schon überhaupt nichts zu bestellen.«

»Jedes Volk macht mal finstere Zeiten durch. Haben wir Deutschen ja auch hinter uns, oder?«

Jansen winkte mich weiter. Seine Bereitschaft zum verbalen Schlagabtausch war heute unterentwickelt.

Ich grabschte ein Stück Kuchen von einem Tablett. Irgendwer hatte eine Runde geschmissen. Auch Kaffee war noch da. Ich schleppte beides in meine Einzelzelle.

Teppich gegen Mörder, dachte ich, Zeiten sind das.

Neben dem Telefonapparat lag ein Zettel. *Wichtiger Anruf* – stand da zu lesen – *Der Geiger hat sich gemeldet. Er ruft wieder an!* Darunter hatte die Redaktionssekretärin ihr Kürzel gemalt.

Endlich, jubelte ich innerlich, jetzt kommt Schwung in die Sache. Ich schaute auf die Uhr. Gleich drei.

Ich stürzte ins Großraumbüro. »Hat der Geiger gesagt, wann er sich wieder meldet?« rief ich durch das Zimmer.

Die Kollegin schüttelte den Kopf.

»Hat er eine Nummer hinterlassen?«

»Auch nicht«, rief sie und erstarrte sogleich. »Verdammt, ich war auf Level 12! So ein Mist!«

Ich hatte die Sekretärin bei ihrem Lieblings-Computerspiel gestört. Jetzt mußte die Arme beim ersten Level wieder anfangen, und ich war schuld an ihrem Schicksal.

Wieder in meinem Büro versuchte ich, Solo zu erreichen. Was hatte er bei Tabibi gewollt? Es wurde Zeit, daß mir der Fotograf reinen Wein einschenkte. Er wußte mehr, als er zugab.

Der Ruf ging ins Leere. Frustriert starrte ich vor mich hin. Ich dachte an die anonymen Erpresser mit dem grellen Namen *Die Fantastischen Fünf*. Sie hatten den Mord an Tabibi gestanden, doch niemand glaubte ihnen. Solo hatte die Leiche gezielt gesucht und gefunden, und er hatte Kontakt zu den Hinterbliebenen des Opfers. Warum stritt der Sohn des Getöteten ab, Solo zu kennen? Nichts, aber auch gar nichts paßte in dieser verrückten Geschichte zusammen. Hoffentlich würde der Straßenmusikant mich ein Stück weiterbringen. Ich brannte darauf, den hübschen jungen Mann von Solos Foto kennenzulernen.

Den Rest des Arbeitstages verbrachte ich mit Zeitunglesen und dem Aufräumen meines Büros. Das Telefon klingelte noch mehrere Male – doch der Mann, der vermutlich in der Nacht vor der Sprengung der Bibliothek Geige gespielt hatte, meldete sich nicht noch mal.

Er wartete nämlich auf dem Parkplatz vor dem Verlagshaus auf mich. Ich erkannte ihn sofort, als er auf mich zusteuerte.

»Sie sind das also«, begann ich, bevor er etwas sagen konnte.

»Ich bin Leon«, entgegnete er schlicht.

»Schön«, stellte ich fest. »Ich schlage vor, daß wir irgendwo ein Bier trinken.«

»Ich trinke kaum Alkohol«, behauptete Leon.

»Machen Sie's nicht so kompliziert. Wasser, Orangensaft

oder Milch – was immer Sie wollen. Können wir? Da drüben steht mein Auto.«

Leon folgte mir. Er sieht noch besser aus als auf Solos Foto, dachte ich. Eine Mischung aus Omar Sharifs Enkel und Keanu Reeves. Irgendwie prickelnd.

Wir waren bei meinem Japaner angelangt. Leon wartete, bis ich die Beifahrertür von innen aufdrückte, stieg ein und saß wie ein gut erzogener Junge neben mir: die Hände auf die Schenkel gelegt. Die Finger waren schmal und lang – die Hände eines Menschen, der die feinen Saiten einer Violine treffen mußte.

»Haben Sie sich verletzt?« Ich hatte auf dem linken Handrücken einen etwa zehn Zentimenter langen Riß entdeckt, der gerade dabei war zu verheilen.

Leon nickte. »Es ist nicht schlimm. Ich bin an einem Zaun hängengeblieben.« Die Stimme war voll und kräftig. Ziemlich kräftig war auch das Magenknurren, das auf die Sätze folgte.

»Ich lade Sie zum Essen ein«, beschloß ich. »In mein Lieblingsrestaurant. Einverstanden?« Ich musterte seine Kleidung. Verwaschene Jeans, sauberes, zu kurzes weißes T-Shirt mit Jeans-Weste. Genau das Passende fürs *Pinocchio.*

»Ich habe seit dem Frühstück nichts mehr gegessen«, gestand er. »Das Geschäft läuft nicht mehr so gut.«

»Sie haben den Apotheker ganz schön reingelegt«, sagte ich und bog in die kleine Straße ein, an der das italienische Restaurant lag. »Sie mußten doch damit rechnen, daß er zur Polizei geht, oder?«

»Eigentlich nicht«, widersprach er. »Die meisten haben Angst, sich lächerlich zu machen.«

Ich wollte gerade antworten, als mein Blick in den Rückspiegel fiel. Ein Wagen fuhr dicht hinter uns. Es sah nach Verfolgung aus.

Ich steuerte am *Pinocchio* vorbei und fuhr wieder auf die Hauptstraße. Der Verfolger blieb uns auf den Fersen.

»Ich habe meine Meinung geändert«, erklärte ich. »Wir fahren besser in meine Wohnung. Dort sind wir ungestörter. Sie kriegen trotzdem was zu essen.«

Inzwischen hatte ich die Geschwindigkeit des Japaners

bis auf schlappe dreißig gesenkt. Grund für jedes Fahrzeug vorbeizuziehen. Doch der schwere Wagen blieb hinter uns. Er fuhr so dicht auf, daß ich den Fahrer erkennen konnte.

»Dilettant«, sagte ich grimmig.

»Was meinen Sie?« wollte mein Beifahrer wissen.

»Wir werden verfolgt«, entgegnete ich. »Das ist aber kein Problem. Wundern Sie sich nicht über mich, wenn wir angekommen sind. Ich wohne übrigens in der fünften Etage.«

In normaler Geschwindigkeit nahm ich den üblichen Weg zu meiner Behausung, steuerte den Parkplatz an, wir stiegen aus.

Auf dem Weg zur Haustür stand Oberstaatsanwalt Dr. Hasso Klima im Weg.

»Guten Abend«, wünschte er. Sein Glatzkopf spiegelte die letzten Strahlen der untergehenden Sonne wider.

»Herr Klima«, flötete ich, »das ist aber eine Überraschung. Schon das zweite Mal, daß wir uns heute begegnen. Haben Sie in der Gegend zu tun?«

»Ich habe Sie verfolgt.«

»Ist mir gar nicht aufgefallen«, behauptete ich. »Bin ich zu schnell gefahren?«

»Reden wir nicht um die Sache herum.« Der Oberstaatsanwalt begann, grob zu werden. »Wer ist der Mann neben Ihnen?«

»Mein Liebhaber. Gehst du schon nach oben, Schatz? Hier ist der Schlüssel. Öffne bitte die Flasche Champagner und laß uns ein Bad ein. Ich bin gleich bei dir, Süßer!«

Leon schaute nicht gerade intelligent, als ich ihm den Hausschlüssel in die Hand drückte und ihm einen Stoß mit dem Ellenbogen versetzte. Endlich begriff er und trollte sich Richtung Haustür.

Klima sah ihm verdutzt nach.

»Was ist Ihr Problem?« Mild lächelnd sah ich Klima an.

»Mein Problem ist, daß Sie sich in Dinge einmischen, die Sie überhaupt nichts angehen«, antwortete er. »Der Zeuge – ich meine den Straßenmusikanten – hat Sie heute in Ihrem Büro angerufen. Warum haben Sie mich nicht informiert?«

»Woher wissen Sie das?« Jetzt war ich an der Reihe, verblüfft zu sein.

»Das spielt überhaupt keine Rolle. Sie behindern die Ermittlungen in einem Mordfall. Haben Sie Kontakt zu dem Zeugen?«

»Nein«, log ich. »Er hat sich nicht wieder gemeldet. Das müßten Sie eigentlich wissen, wenn Sie meine Telefonleitung abhören.«

»Ich höre nichts ab«, widersprach er, »und ich glaube, daß der Mann, der in Ihrer Wohnung gerade ein Bad einläßt, der Gesuchte ist.«

»Sie können denken, was Sie wollen. Ich gehe jetzt.«

Klima verstellte den Weg. »Die Sache ist gefährlich«, warnte er. »Für Sie und für den Zeugen. Wenn er in der fraglichen Nacht etwas bemerkt hat, ist er in Lebensgefahr. Ist Ihnen das klar?«

»Nett, daß Sie sich so um mich sorgen.« Ich drückte den Oberstaatsanwalt zur Seite. »Wenn ich Ihre Hilfe brauche, lasse ich es Sie wissen. Einen schönen Abend noch. Und jetzt hab ich Lust auf ein ausgedehntes Bad mit meinem Lover.«

Männer in Frauenberufen

Als ich die Wohnungstür aufschloß, vernahm ich ein Rauschen. Leon hatte meine Aufforderung wörtlich genommen – im Badezimmer floß warmes Wasser in die Wanne. Der Hellste ist er nicht gerade, dachte ich und drehte den Hahn wieder zu.

Leon saß am Küchentisch.

»Ich hab ihn abgewimmelt«, erzählte ich. »Der Oberstaatsanwalt sucht Sie aus demselben Grund wie ich. Er hofft, daß Sie in der der Nacht vor dem Leichenfund irgendwas beobachtet haben. Und? Haben Sie?«

»Darf ich erst mal baden?« fragte er. »Ich habe nur ein kleines Zimmer mit Waschbecken. Klo eine Treppe tiefer. Die Wanne müßte jetzt gefüllt sein.«

»Meinetwegen«, hörte ich mich sagen. »Ich mache in der Zwischenzeit was zu essen. Nehmen Sie das blaue Handtuch, das im Wandregal liegt.«

Leon verschwand im Bad. Du bist verrückt, Grappa, dachte ich. Du läßt einen völlig Fremden in dein Bad. Und kochst auch noch für ihn. Das muß die Einsamkeit oder der unausgelebte Pflegetrieb einer alleinstehenden Junggesellin sein, diagnostizierte ich. Der nächste logische Schritt wäre die Eröffnung eines Katzenasyls.

Im Kühlschrank ortete ich etwas fertige *Pesto*-Sauce und Parmesan. Genug für ein Nudelgericht. Er wird viel Hunger haben, dachte ich und warf ein Pfund *Farfalle* ins kochende Salzwasser. Dann öffnete ich eine Dose rote Bohnen, zerhackte eine kleine Zwiebel und zwei Knoblauchzehen und rührte die Salatsauce an. Noch ein paar Bröckchen Thunfisch drüber und fertig.

Als Leon mit feuchten Haaren und nach meinem Badesalz duftend in der Küche stand, dampften die mit *Pesto* vermischten Nudeln bereits in der Schüssel.

»Setzen Sie sich.«

Er tat es und sah mit leuchtenden Augen zu den Nudeln hin. Ich plazierte eine ordentliche Menge auf seinem Teller.

»Schade, daß Sie keinen Alkohol trinken«, bedauerte ich. »Jetzt muß ich die Flasche *Chardonnay* allein trinken.«

Er blickte auf die Flasche Mineralwasser auf dem Tisch.

»Vielleicht doch ein Glas«, änderte er seine Meinung.

»Na also.«

Er schaufelte sich die Pasta rein. Schweigend sah ich zu. Leon wirkte wie ein streunender Hund, der an diesem Abend eine Mahlzeit nebst gemütlichem Plätzchen bei einem netten Frauchen ergattert hatte.

»Sie haben also in den Tagen vor der Sprengung auf dem Platz Ihre Violine gespielt«, kam ich zum Kern der Sache. »Was war an dem Abend, bevor die Bibliothek in die Luft gejagt wurde?«

»Ich war da«, gab er an. »Ich habe im Nebeneingang des großen Kaufhauses gesessen. Die Nacht war nicht besonders kalt, und ich hatte noch kein Zimmer. Ich wollte also draußen pennen und am anderen Morgen ein bißchen spielen.«

»Sie waren aber an dem bewußten Morgen nicht da«, warf ich ein. »Ein paar schräge Töne zu den Explosionsgeräuschen – warum nicht? Was ist passiert?«

Er hatte das Glas geleert – ich goß es wieder voll. Leon wischte sich mit dem Handrücken den Mund ab – ein wenig *Pesto* klebte an seiner Wange. Es sah niedlich aus.

»Irgendwann in der Nacht schreckte ich hoch. Ich hatte Stimmen gehört und dachte, daß mich die Polizei verscheuchen wollte. Ich krabbelte unter meiner Decke hervor und lauschte. Die Stimmen kamen von weiter her. Ich guckte um die Ecke und sah drei Männer. Sie standen an dem Bretterzaun – genau vor dem Gebäude, das am Morgen gesprengt werden sollte. Ich hielt sie für Penner, die durch die Stadt streiften. Doch dann kam das dicke Auto. Es fuhr genau vor den Zaun.«

»Welche Marke? Konnten Sie das Kennzeichen sehen?«

Leon schüttelte den Kopf. Seine feuchten, dunklen Haare bewegten sich wie winzige wippende Schlangen.

»Es war viel zu dunkel«, fuhr er fort. »Ein Mann stieg aus dem Auto aus und öffnete den Kofferraum. Die drei anderen traten dazu. Dann hievten die Kerle etwas Schweres aus dem Schlitten und schleppten es in Richtung Bretterzaun. Es war ein längliches Paket. Ich dachte sofort an eine Leiche. Im Zaun war wohl eine Tür, denn nach ein paar Sekunden waren die vier mit ihrem Paket hinter der Absperrung verschwunden. Mir kam die Sache merkwürdig vor.«

»Wie lange waren die Männer verschwunden?«

»Nur ein paar Minuten. Zuerst hatte ich vor, mich ranzupirschen, doch dann traute ich mich doch nicht. Die Kerle kamen ziemlich schnell wieder, setzten sich ins Auto, drehten eine Runde über den Platz, und weg waren sie.«

»Wie sahen die Männer aus?«

»Ich war zu weit weg.«

»Sie sagten, daß die vier eine Runde drehten. Was meinen Sie damit?«

»Sie fuhren über den leeren Platz. Ich bekam Schiß und drückte mich tief in den Eingang des Kaufhauses. Als der Wagen auf meiner Höhe war, fuhr er langsam, und einer der Kerle – der neben dem Fahrer – schaute in meine Richtung. Dann kam der Kehrwagen der Stadtwerke mit dem gelben Blinker auf dem Dach. Die Typen gaben Gas und – das war's.«

»Sie haben verdammtes Glück gehabt«, sagte ich. »Wäre der Reinigungswagen nicht gekommen, wären Sie jetzt bestimmt eine Leiche.«

»Das kann gut sein«, stimmte Leon zu. »Verstehen Sie jetzt, warum ich mich bei den Bullen nicht gemeldet habe?«

»Ich verstehe Sie. Doch mir ist nicht ganz klar, warum Sie sich auf meinen Artikel hin gerührt haben.«

»Das kann ich Ihnen sagen«, lächelte Leon. »Die Mörder wissen jetzt, daß sie einen Straßenmusikanten zu suchen haben, der Geige spielt. Sie haben mich in Gefahr gebracht, Frau Grappa. Deshalb erwartet ich von Ihnen, daß Sie mir die Leute vom Hals halten.«

Mir blieb fast die Spucke weg. Erst frißt der Kerl meine Nudeln, dachte ich, und jetzt soll ich noch Kindermädchen spielen. Ohne mich!

»Leon! Sie haben vielleicht Nerven«, rief ich. »Ich kann Sie nicht beschützen. Gehen Sie zur Polizei, und sagen Sie aus. Das ist die beste Lebensversicherung.«

»Geht nicht«, sagte er kategorisch, »die kriegen mich dran wegen der Sache mit der Geige.«

»Dann verschwinden Sie in eine andere Stadt!«

»Hier gefällt es mir aber gut.«

»Und die Leute, mit denen Sie zusammenarbeiten? Der berühmte Geiger Ulanov und seine liebreizende Gattin?«

»Ich war Ulanov. Ein bißchen Schminke, Brille, Perücke und angeklebte Barthaare. Ich war mal drei Semester auf der Schauspielschule. Die Frau ist meine Schwester.«

Ich atmete durch. »Und wo ist Ihre Schwester jetzt?«

»In unserem Zimmer – nehme ich an. Sie ist Porträtmalerin. Arbeitet wie ich in den Fußgängerzonen von großen Städten. Ich will sie auf keinen Fall in Gefahr bringen.«

»Und was bedeutet das?« Mir schwante Schreckliches.

»Daß ich nicht in unsere Bude zurück kann. Wenn der Staatsanwalt uns verfolgt hat, dann haben uns die Mörder auch längst entdeckt.«

»Und wo wollen Sie hin?«

Leon musterte meine Wohnungseinrichtung. Sie schien sein Wohlwollen zu finden. Meine Laune sank auf den Gefrierpunkt.

»Ich würde gern hier bleiben«, gestand er. »Es gefällt mir bei Ihnen.«

»Das kommt überhaupt nicht in Frage«, blaffte ich unfreundlich. »Suchen Sie sich einen anderen Dummen. Und jetzt raus hier!«

Abrupt stand ich vom Tisch auf, der Stuhl hinter mir fiel um.

Eingeschüchtert starrte mich Leon an. Sein Haar war inzwischen trocken, und er sah herziger aus als ein dunkelhaariger Rauschgoldengel.

»Ich führe Ihren Haushalt«, versuchte er es wieder. »Ich kann putzen, abwaschen, staubsaugen, Betten machen. Ich könnte als Ihr Butler arbeiten.«

»Sie kommen mir eher wie eine Hausmilbe vor, die scharf auf meinen Teppichboden ist. Ich habe keinen Bedarf an ständiger Gesellschaft.«

Ich stellte den Stuhl auf seine vier Beine und rannte durch das Zimmer. Du hast es dir selbst eingebrockt, schimpfte ich mit mir. Durch den Artikel im *Bierstädter Tageblatt* wußten die Mörder tatsächlich, wo sie den Augenzeugen suchen sollten.

»Sie sind bei mir auch nicht sicher«, erklärte ich. »Die Täter wissen, daß ich über den Fall geschrieben und Sie gesucht habe. Also werden sie bei mir zuerst suchen – genau wie der Staatsanwalt es getan hat.«

Leon antwortete nicht. Zufällig schaute ich aus dem Fenster. Unten wartete ein dicker Wagen mit abgeblendeten Scheinwerfern.

Ich winkte Leon zu mir. »Kommt Ihnen das Auto bekannt vor?«

»Es könnte der Wagen sein«, behauptete der Geiger.

»Aber auch nicht, oder?«

»Wie soll ich das ganz genau wissen? Ich weiß nur, daß ich Angst habe. Große Angst«, jammerte er.

Ich kapitulierte. Ich konnte hübsche Männer noch nie leiden sehen.

»In meinem Arbeitszimmer steht ein Gästebett«, brummte ich. »Ich gebe Ihnen Bettwäsche, beziehen müssen Sie die Kissen selbst. Und nur für eine Nacht – damit das klar ist.«

»Ich danke Ihnen«, jubelte Leon. »Ich räume auch den Tisch ab und spüle das Geschirr. Sie brauchen sich um nichts zu kümmern!«

»Das will ich hoffen«, sagte ich streng. »Ich war schon immer der Meinung, daß man Männer den Zugang zu Frauenberufen nicht länger verwehren sollte. Ich setze mich inzwischen aufs Sofa und lese ein bißchen.«

Nach zwanzig Minuten war die Küche tip-top in Ordnung.

»Da hat übrigens heute abend für Sie jemand angerufen«, fiel Leon ein, während er mit dem Bettzeug hantierte.

»Wann?« Ich hatte kein Telefonklingeln gehört.

»Als Sie unten mit dem Staatsanwalt gesprochen haben«, teilte er mit. »Es war ein Mann dran. Er wollte wissen, wer ich sei und was ich in Ihrer Wohnung mache.«

»Und? Was haben Sie geantwortet?«

»Ich sagte ihm, daß ich mir gerade ein Bad einlasse. Glauben Sie, daß der Anrufer was mit dem Mord zu tun hat?«

»Bin ich Hellseherin? Haben Sie den Mann nach seinem Namen gefragt?«

»Ja. Aber er sagte ihn mir nicht«, plapperte Leon. »Er sagte nur, daß er aus Amerika anrufe.«

Ein warmes Plätzchen

»Hör zu«, sprach ich Peter Jansen am anderen Morgen an, »ich brauche dringend deinen Rat.«

»Das ist ja sensationell«, staunte er. »Ich dachte immer, du hättest den Journalismus erfunden.«

»Hab ich ja auch«, entgegnete ich. »Es handelt sich auch weniger um fachliche Fragen als um eine Art Lebenshilfe.«

»Dann setz dich mal.« Jansen näherte sich der Kaffeemaschine, um zwei Tassen zu füllen. Ein Ritual, das sich jedesmal wiederholte, wenn ich ihn in seinem Büro besuchte. Die Einrichtung war etwas heruntergekommen – genau wie Jansen, der durch die Geißeln des Jobs – Streß, unregelmäßige Arbeitszeiten, Alkohol und Nikotin – schwer gelitten hatte. Er hatte eine ungesunde Gesichtsfarbe, seine Figur war durch zu wenig Bewegung massig geworden, vergangene Alkoholexzesse ließen seine Hände manchmal zittern.

Früher war er mal ein findiger und fixer Reporter gewesen, hatte Biß gehabt und sich manche Nasenstüber eingefangen. Doch mit über Fünfzig kann niemand mehr so ein anstrengendes Leben führen. Seit ein paar Jahren verwaltete Jansen den Journalismus, während ihn andere betrieben. Wenigstens hielt er KollegInnen wie mir den Rücken frei und war auch für unkonventionelle Recherchemethoden zu haben.

Jansen stellte den Kaffee aufs Besuchertischchen. »Also, schieß los!«

»Ich habe einen Zeugen gefunden, der gesehen hat, wie vier Männer Ali Tabibis Leiche hinter den Bretterzaun geschleppt haben.«

»Prima!«

»Das denkst du ...«

»Wo liegt dein Problem?«

»Durch meinen Artikel wissen die Mörder jetzt, daß es einen Zeugen gibt und daß ich ihn wahrscheinlich kenne.«

Der Kaffee war heiß und verbrannte mir den Gaumen. Ich hustete.

»Du redest von dem Geigenspieler.«

»Ja. Und ich befürchte, daß die Täter bereits wissen, daß ich ihn gefunden habe. Gestern abend wurde meine Wohnung beobachtet.«

»Wieso deine Wohnung?«

»Weil ich ihn in meiner Wohnung untergebracht habe.«

»Grappa! Wie oft habe ich dir gesagt, daß du keine fremden Männer in deine Bude lassen sollst.«

»Er ist kein Mann, eher ein Jüngling. Ängstlich, naiv und irgendwie niedlich. Er sagt, daß einer der Männer ihn gesehen hat. Der saß in dem Wagen, in dessen Kofferraum Tabibi lag. Die Sache wird mir ein bißchen zu heiß. Was also soll ich tun?«

Jansen legte die Stirn in Falten und die Füße auf den Schreibtisch. Nach einer Weile sagte er: »Er muß zur Polizei. Nur die können ihn schützen.«

»Das geht nicht«, widersprach ich. »Er hat Angst, weil er

ein paar kleine Betrügereien begangen hat.« Ich erzählte Jansen, wie Ratsmitglied und Apotheker James Kossmann von Leon und seiner Schwester reingelegt worden war.

»Dann schick ihn in eine andere Stadt.«

»Er sagt, daß sie ihn überall finden werden.«

»Schöner Mist!« Jansens Faust landete auf dem Tisch. »Und eine Story kommt dabei auch nicht heraus. Wo ist der Bursche jetzt?«

»Noch bei mir zu Hause. Ich habe ihm verboten, ans Telefon zu gehen und aus dem Fenster zu gucken. Oberstaatsanwalt Klima hat übrigens auch schon Verdacht geschöpft. Er ist uns beiden gestern bis zu meiner Wohnung nachgefahren.«

»Dein Talent für Komplikationen läßt dich wirklich nicht im Stich, Grappa! Jetzt hast du nicht nur ein paar Mörder, sondern auch noch einen gefährdeten Augenzeugen auf dem Hals. Das hast du wieder mal sauber hingekriegt.«

»Finde ich auch. Dafür bin ich einen anderen Mann wahrscheinlich für immer los. Ich war gerade dabei, Klima vor dem Haus abzuwimmeln. Leon war schon oben. Genau zu dieser Zeit rief Nik aus den USA an. Leon ging ans Telefon und berichtete Nik, daß er sich gerade ein Bad einließe. Wie findest du das?«

»Und? Hast du es Nik erklären können?«

»Nein. Ich weiß nicht, wo ich ihn erreichen kann. Und ich glaube nicht, daß er sich noch mal bei mir meldet.«

»Arme Grappa!« heuchelte Jansen. »Mein Herz blutet.«

»So siehst du aus. Sag mir lieber, was ich mit Leon machen soll?«

»Du mußt ihn los werden. Ruf wenigstens Hauptkommissar Brinkhoff an.«

Ich nickte. Mit Brinkhoff konnte ich offen reden.

Ich stand schon in der Tür, als Jansen nachsetzte: »Kann es sein, daß dich dieser Leon reinlegt? Daß er überhaupt nichts gesehen hat? Daß er nur ein warmes Plätzchen sucht?«

Saubere Fenster und slawische Seele

Hauptkommissar Brinkhoff ließ sich schnell überreden, mit Leon am späten Nachmittag in meiner Wohnung zu sprechen – inoffiziell und an der Staatsanwaltschaft vorbei. Leons Erschrecken legte sich, als Brinkhoff ihm versicherte, daß ihn der Betrug mit der falschen Stradivari nicht interessierte.

Nach der Vernehmung begleitete ich Brinkhoff nach unten – auch um die Lage im Hinblick auf wartende Fahrzeuge und beobachtende Mörder zu peilen. Mir fiel nichts Ungewöhnliches auf.

»Glauben Sie ihm?«

Brinkhoff machte eine unschlüssige Handbewegung. »Schwer zu sagen. Aber ausgeschlossen ist nicht, daß er die Wahrheit sagt. Wir haben an Tabibis Jackett Spuren von Säuren gefunden. Die Leiche könnte also in einem Kofferraum gelegen haben, in dem sich ein Kanister mit irgendwelchen Lösungen befand.«

»Was werden Sie jetzt tun?«

»Ich werde der Schwester des jungen Mannes einen Besuch abstatten. Vielleicht haben die Mörder Kontakt zu ihr aufgenommen, um an den Bruder heranzukommen.«

»Aber – die Typen kennen doch Leons Identität gar nicht«, wandte ich ein.

»Das vermuten Sie«, meinte Brinkhoff skeptisch, »doch die Täter müssen nur eins und eins zusammenzählen. Der Apotheker kennt den jungen Mann – kann ihn also beschreiben. Er weiß außerdem, daß er mit einer Frau zusammenarbeitet. Und Sie, Frau Grappa, haben per Zeitungsartikel einen Geigenspieler gesucht – angeblich um eine Reportage über den letzten Tag eines Gebäudes zu schreiben, was Ihnen sowieso niemand glaubt.«

»Der Artikel war wirklich nicht besonders hilfreich«, stimmte ich zu. »Ich wußte damals ja noch nicht, daß Leon wirklich etwas beobachtet hat. Halten Sie mich auf dem laufenden?«

»Aber sicher.«

In meiner Wohnung überraschte mich mein neuer Hausgenosse mit einem nett gedeckten Tisch und Schnittchen. Ich hatte vergessen einzukaufen, doch Leon hatte aus den Resten in Kühlschrank und Vorratsraum Eßbares gezaubert.

»Die Fenster habe ich auch geputzt«, strahlte er mich an.

»Verdammt!« fuhr ich hoch. »Ich habe Ihnen doch gesagt, daß Sie sich vom Fenster fernhalten sollen! Sie haben bestimmt eine prima Zielscheibe abgegeben.«

»Aber es ist doch nichts passiert ...« stammelte er erschrocken.

»Und wenn doch? Ich hätte den Ärger mit Ihrer Leiche und dem vielen Blut gehabt.«

»Die Fenster hatten es aber dringend nötig«, beharrte Leon.

»Das weiß ich selbst«, blaffte ich, »doch so lange noch Licht durchfällt, ist die Sache halb so schlimm.«

»Ich finde schmutzige Fenster unerträglich.«

»Jetzt reicht's aber! Wie ich meinen Haushalt führe, müssen Sie schon mir überlassen, junger Mann. Von jemandem, der mehr oder weniger auf der Straße lebt, nehme ich bestimmt keine Pflegetips für meine Hütte entgegen. Außerdem können Sie jederzeit gehen, wenn Ihnen meine Haushaltsführung nicht genehm ist.«

»Entschuldigung«, kam es ziemlich zerknirscht. »Ich dachte, Sie würden sich freuen.«

»Ist ja gut«, regte ich mich wieder ab. »Ich wußte nicht, daß ich den leibhaftigen *Mister Proper* als Butler beschäftige. In der Werbung ist der Bursche nämlich immer riesengroß und fett mit blankpolierter Glatze.«

Wir setzten uns zu Tisch und mampften die Brote. Ich dachte plötzlich an Solo, sein sporadisches Auf- und Abtauchen. Heute hatte ich mehrfach versucht, ihn telefonisch zu erreichen. Ohne Erfolg. Auch die Frau von neulich war nicht ans Telefon gegangen.

»Erinnern Sie sich an den Fotografen, der Sie auf dem Platz geknipst hat?«

»Klar«, kaute Leon. Er war mit einem guten Appetit gesegnet. »Netter Bursche. Wir kamen ins Gespräch, und ich posierte für die Bilder. Er hat ein Essen und ein paar Scheine springen lassen. Für mich und meine Schwester Lena.«

Davon hat Solo nichts erzählt, dachte ich. Vielleicht, weil er es für unwichtig hielt. Genau so wie seinen Besuch in Tabibis Teppichladen. Irgendwie störte mich seine Geheimniskrämerei gewaltig.

»Wie alt sind Sie eigentlich?« Es wurde Zeit, mehr über den hübschen Saubermann in Erfahrung zu bringen. Mein Interesse war natürlich rein dienstlich.

»Vierunddreißig.«

»Ich hätte Sie für jünger gehalten. Warum machen Sie Ihre Musik auf der Straße?«

»Wo sonst?«

»In Konzertsälen, Kneipen oder irgendwelchen Bands ...«

»Es hat sich so ergeben«, erzählte Leon. »Als Student hab ich auf der Straße angefangen, um die Stunden zahlen zu können. Doch es war wohl nicht weit her mit meinem Talent. Lena hatte Zeichenunterricht, doch ihr ging es ähnlich wie mir. Wir sind zufrieden mit unserem Leben. Für Essen, eine Unterkunft im Winter – dafür reicht es immer. Wenn es ganz knapp wird, verkaufen wir meine Geige. Es gibt viele Leute, die sich reinlegen lassen. Manchmal kommen wir auch bei Freunden unter – im Ausland, dort, wo es warm ist.«

»Ihre Eltern?«

»Die sind seit zehn Jahren tot. Lena war knapp zwanzig und hat's bis heute nicht verkraftet. Können wir das Thema wechseln?«

Leon trug die abgegessenen Teller in die Küche. Ich hörte, wie er heißes Wasser einließ und zu spülen begann. Mein Blick fiel aufs Telefon. Solos Nummer war schnell eingetippt, doch der Ruf ging wieder ins Leere. Ich schob eine CD in den Player und zog die Lautstärke auf.

»Dvorak«, strahlte Leon. Die Töne hatten ihn aus der Küche ins Wohnzimmer gelockt. »Cello-Konzert Opus 104. Am besten gefällt mir der zweite Satz *Adagio ma non troppo*.«

»Sie kennen sich ja wirklich gut aus«, murmelte ich.

Schweigend und mit geschlossenen Augen genossen wir die Musik. Manchmal blinzelte ich. Leon lag auf meinem

Sofa hingestreckt, einen Arm auf der Rückenlehne, der andere lag lässig hinter seinem Nacken. Die Haltung und ein leichtes Lächeln vermittelten das Bild totaler Entspannung.

Irgendwann war es an der Zeit, schlafen zu gehen. Bevor ich ins Bett fiel, warf ich vorsichtshalber noch einen Blick auf die Straße – durch blitzblanke Scheiben. Doch da unten war nichts.

Besuch bei Lena

Das Telefon beendete meine Nacht kurz vor acht Uhr. Es war Hauptkommissar Brinkhoff. Er war gegen sieben Uhr zu Leons Wohnung gefahren – in der Hoffnung, die Schwester anzutreffen. Doch niemand hatte ihm geöffnet.

»Fragen Sie Ihren Schützling, ob er einen Schlüssel zur Wohnung hat, und kommen Sie her«, bat Brinkhoff. »Achten Sie darauf, daß Ihnen niemand folgt.«

Nach einer Katzenwäsche sprang ich in meine Jeans und warf mir ein T-Shirt über. Aufs Schminken verzichtete ich – nur Lippenstift. Draußen schien die Sonne – ich griff zur dunklen Brille. Noch ein paar Bürstenstriche durchs Haar – fertig.

Ich schlich ins Gästezimmer. Leon schlief zusammengekauert, das Kopfkissen zerwühlt, die Bettdecke lag halb auf dem Boden.

»Leon«, flüsterte ich.

Benommen öffnete er die Augen und blinzelte mich an.

»Wo ist der Schlüssel zu Ihrer Bude?«

»Schlüssel?« Er verstand nicht.

»Zu dem Zimmer, in dem Lena wohnt. Ich muß da jetzt hin.«

»Lena? Was ist mit ihr?« Er setzte sich erschrocken auf.

Ich drückte ihn sanft zurück in die Waagerechte. »Keine Aufregung. Ich will nur gucken, was in der Wohnung los ist. Der Hauptkomissar steht vor verschlossener Tür und kommt nicht rein.«

»Ich komme mit!« kündigte er an.

»Nein. Das können wir nicht riskieren. Geben Sie mir den

Schlüssel und schlafen Sie weiter. Ich bringe frische Brötchen mit, wenn ich zurückkomme.«

Leon deutete auf seine Baumwollhose, die über einem Stuhl lag. »Am Gürtel. Der Schlüssel mit dem Karabinerhaken.«

Drei Minuten später saß ich in meinem Japaner und fuhr in den Norden der Stadt. Eine etwas heruntergekommene Gegend, die aber ihren eigenen Charme hatte – mit erschwinglichen Wohnungen, kleinen Läden, die meist von Ausländern betrieben wurden, vielen Kneipen, ab und zu einem Schnellimbiß.

Das Haus lag in der Schillerstraße, direkt neben einer Kaschemme namens *Schiller-Klause.* Im Fenster prangte ein Porträt des großen deutschen Dichters. In dieser Kneipe könnte er die *Räuber* geschrieben haben, dachte ich.

Brinkhoff wartete vor der Haustür auf mich. Wir gingen über eine ziemlich marode Treppe nach oben. Das Gebäude hatte wesentlich bessere Zeiten gesehen, doch die durften etwa achtzig Jahre her sein. Ich strich mit den Fingern über die Jugendstilkacheln im Flur, die stilisierte Lilien vor einem See zeigten.

»Hier ist es.«

Wir öffneten. Verbrauchte Luft schlug uns entgegen. Mein Herz klopfte. Was würde uns hier erwarten? Hoffentlich nicht noch eine Leiche.

In dem großen Zimmer standen zwei Betten, ein häßlicher Kleiderschrank lehnte an der hinteren Wand. Davor ein runder, niedriger Tisch. Unter dem Fenster erblickte ich ein niedriges Bord, auf dem sich ein Zweiplattenkocher und eine Kaffeemaschine tummelten. Das bißchen Geschirr daneben war sauber gespült. An der Wand hingen Aquarelle – Landschaften, Skizzen und Detailstudien. Lena konnte wirklich gut zeichnen.

»Hier ist niemand«, stellte Brinkhoff fest. Ich atmete erleichtert durch, ging zum Fenster und öffnete es. Die Luft war muffig.

Ich könnte für Leon ein paar Klamotten zum Wechseln mitnehmen, fiel mir ein. Er trug seit Tagen dieselbe Hose, ich hatte ihm eins meiner T-Shirts und ein paar Socken zum

Wechseln gegeben. Abends wusch Leon seine Sachen, um sie morgens wieder anzuziehen.

»Mal gucken, was hier drin ist«, sagte ich und öffnete die Kleiderschranktür. Viel Garderobe hatten die Geschwister nicht – ich entdeckte zwei billige Baumwollkleidchen, ein bißchen Unterwäsche, drei T-Shirts und anderen Plunder. Ich griff nach einer grauen Hose, die Leon gehören mußte.

»Schauen Sie!« Brinkhoff schien etwas entdeckt zu haben.

Er hatte eine Bluse aus zartem Baumwollstoff in der Hand. Sie war eigentlich weiß, doch ein riesiger Blutfleck hatte die rechte Vorderseite verfärbt. Das Blut war dunkelbraun und trocken. Mir wurde übel.

»Das Kleidungsstück lag unter dem Waschbecken. Jemand hat es dort hingeworfen.«

»Kann das bedeuten, daß Lena ...« Ich wagte nicht, weiter zu fragen.

»Der Fund zeigt zumindest, daß die Sache ernst ist. Ich werde die Bluse im Labor untersuchen lassen. Hier – das ist ein Loch im Gewebe. Sieht aus wie von einem Messer.«

»Wie soll ich das Leon beibringen? Der dreht durch!«

»Beruhigen Sie sich! Wir wissen doch gar nicht, ob die junge Frau tot ist. Ich werde sie sofort zur Fahndung ausschreiben. Vielleicht ist irgendwo eine verletzte Frau eingeliefert worden, oder es wurde eine unbekannte Leiche gefunden. Wir werden sie schon finden.«

»Ihre Worte trösten mich nicht gerade«, sagte ich. »Auf jeden Fall haben Sie jetzt den Beweis, daß Leons Geschichte stimmt. Die Mörder sind auf der Suche nach ihm – und sie haben sich an der Schwester gerächt. Wie schrecklich!«

»Sagen Sie dem Bruder noch nichts«, bat der Hauptkommissar. »Vielleicht ist alles ganz harmlos.«

»Wie stellen Sie sich das vor?«

»Behaupten Sie einfach, wir hätten die junge Frau angetroffen. Es gehe ihr gut und so weiter.«

»Und wenn er sie anruft?« wandte ich ein.

»Das kann er nicht.«

»Wieso das?«

»Sehen Sie hier irgendwo ein Telefon?«

Brinkhoff hatte recht, es gab keins.

»Kann ich mich auf Ihr Schweigen verlassen?«

Ich antwortete nicht.

»Wie Sie meinen, Frau Grappa!« Brinkhoff war sauer. »Wenn der Bruder durchdreht, könnte er der nächste sein, der ermordet wird. Wollen Sie das?«

»Ich werde auf ihn aufpassen.«

»Dann kann ja nichts schief gehen«, meinte Brinkhoff ironisch. »Lassen Sie uns jetzt gehen. Ich werde die Spurensicherung verständigen.«

»Kann ich die Kleider mitnehmen? Sie gehören Leon.«

»Warum nicht? Sie machen ja doch, was Sie wollen.«

Schweigend gingen wir aus dem Zimmer und gelangten in den dunklen Flur. An der Wand lehnte eine kleine Mappe, die mit Leinenbändern geschlossen worden war. Ich klemmte sie unter den Arm – so, daß der Hauptkommissar es nicht sah.

»Werden Sie dem Staatsanwalt berichten, daß Leon bei mir wohnt?« fragte ich Brinkhoff, als wir vor dem Haus standen.

»Das werde ich tun. Es sei denn, Sie verschweigen Leon, daß wir seine Schwester nicht angetroffen haben.«

»Ich werd's mir überlegen«, versprach ich.

»Dann ist ja alles in Ordnung«, brummte Brinkhoff zufrieden. »Auf Wiedersehen, Frau Grappa. Und passen Sie auf diesen Leon auf.«

Ich verstaute die Kleider und die Zeichenmappe im Auto und startete Richtung Heimat. Als ich auf den Parkplatz vor meinem Haus fuhr, bemerkte ich, daß ich die Brötchen vergessen hatte. Egal. Mich beschäftigte die Frage, wie ich Leon beibringen sollte, daß seine Schwester vermutlich in die Hände der Mörder gefallen war. Ich hatte genau fünf Etagen Zeit, mir die richtigen Worte zu überlegen. Um ein paar Minuten mehr zu haben, verzichtete ich auf den Lift und ging zu Fuß.

Fünf gezeichnete Porträts

»Das ist Pech«, begrüßte mich Leon, »vor ein paar Minuten hat der Mann von neulich wieder angerufen. Der aus Amerika.«

»Verdammt!« stöhnte ich. »Habe ich Ihnen nicht verboten, ans Telefon zu gehen?«

»Tut mir leid.« Leon war geknickt. »Aber er hat es minutenlang klingeln lassen. Ich dachte, Sie wären es – mit einer Nachricht, oder so.«

»Und – welche Geschichte haben Sie ihm diesmal erzählt?«

»Daß ich noch im Bett liege und daß Sie Brötchen holen und bald wiederkommen.«

»Wenn er sich noch mal meldet, lassen Sie sich eine Telefonnummer geben, unter der ich ihn erreichen kann«, forderte ich. »Das war Nik. Mein Freund. Der denkt Gott weiß was.«

»Okay. Wie geht es Lena?«

»Lassen Sie uns erst mal Frühstück machen«, schlug ich vor.

»Schon passiert«, strahlte er. »Jetzt fehlen nur noch die Brötchen.«

»Ich hab sie vergessen«, gestand ich. »Wir müssen Vollkornbrot essen. Es liegt im Tiefkühlfach. Ich werfe es eben in die Mikrowelle. Geht ganz schnell.«

Als ich mit dem Brot zum Frühstückstisch trat, sah er mich mit unschuldigem Gesicht an. Leon war zwar ein Nichtsnutz und ein kleiner Betrüger, doch er hatte Charme und liebte seine Schwester. Ich bekam Angst vor dem, was gleich passieren würde.

»Lena war nicht da«, wagte ich einen ersten Anlauf. »Das Zimmer war verlassen, das Bett gemacht, und es war aufgeräumt.«

»Dann ist sie bei Freunden in einer anderen Stadt«, mutmaßte Leon. Seine schlanken Geigerfinger deponierten ein Stück Käse auf der Vollkornscheibe.

»Leider gibt es doch Grund zur Sorge«, fuhr ich fort.

»Wieso?« Zwischen den dunklen Augenbrauen erschien eine steile Falte.

»Hauptkommissar Brinkhoff hat die Wohnung durchsucht und unter dem Waschbecken – neben anderer schmutziger Wäsche – ein Kleidungsstück Ihrer Schwester gefunden. Eine weiße Bluse.«

Leon sagte nichts, er starrte mich an, als erwarte er einen furchtbaren Schlag. Seine Lippen zitterten.

»Auf der Bluse war ein großer, eingetrockneter Blutfleck.«

Zuerst sagte er nichts. Ich merkte, wie sich sein Hirn bemühte, die Fakten zu begreifen.

»Sie ist tot. Ich weiß es. Und es ist alles meine Schuld«, flüsterte er tonlos.

»Das dürfen Sie nicht sagen, Leon«, beschwor ich. »Die Kripo wird Lena suchen. Und sie werden sie bestimmt bald finden.«

Leon hatte den Kopf in die Hände vergraben, ein stummes Schluchzen erschütterte seinen Körper. Ich trat zu ihm und streichelte seinen Schopf. Diese Geste war für ihn das Signal, sich in meine Arme zu werfen und laut zu weinen. Ich hatte mich nie als begnadete Trösterin gesehen, doch der arme Kerl hatte ja sonst niemanden. Also fügte ich mich in die Rolle. Sogar ein paar sanfte Worte kamen mir über die Lippen.

»Haben Sie ein Foto von Lena?«

Leon hob den Kopf, die geschwollenen Augen voller Tränen. »Nein«, sagte er mit kraftloser Stimme.

»Wir müssen abwarten und dürfen die Hoffnung nicht aufgeben.« Nichtssagende Worte sind das, schalt ich mich, platt und dumm.

»Ich werde sie suchen!« Es klang wie ein heiliger Schwur.

»Nichts werden Sie tun«, griff ich ein, »darauf warten bestimmte Leute ja nur. Wenn jemand Ihre Schwester sucht, dann bin ich es. Und ich werde es mit Hilfe meiner Zeitung tun.«

Leon schwieg und starrte auf irgendeinen Punkt im Zimmer.

»Ich habe Ihnen Ihre Sachen mitgebracht«, erinnerte ich

mich. »Und eine Zeichenmappe, die im Flur an der Wand lehnte. Sie gehört bestimmt Ihrer Schwester.«

Ich erhob mich, um die Mappe zu holen. Als ich am Telefon vorbeiging, klingelte es. Das ist Brinkhoff, schoß es mir durch den Kopf.

»Sag mir endlich, was los ist! Wer ist der Typ in deiner Wohnung?« brüllte Nik durchs Telefon.

»Hallo, Schatz«, sagte ich. »Schön, daß du mal anrufst, wenn ich zu Hause bin. Ich arbeite gerade an einer mysteriösen Mordgeschichte ...«

»Wer ist der Typ?«

»Er heißt Leon und ist ein wichtiger Augenzeuge.«

»Ein Zeuge?« Nik lachte spöttisch auf. »Er läßt ständig Bäder ein oder liegt im Bett! Und du holst dem Kerl auch noch Brötchen. Grappa, willst du mich verarschen?«

»Reg dich doch nicht so auf. Der arme Junge braucht Hilfe. Seine Schwester ist verschwunden, und Mörder sind auf der Suche nach ihm. Ich beschütze ihn doch nur. Ich versteh überhaupt nicht, daß du so einen Tanz machst!«

»Du beschützt ihn? Ist die Polizei in Deutschland inzwischen aufgelöst worden?«

»Nik, du nervst. Ich hab dir gesagt, daß ich mich um den Jungen kümmere. Mehr ist da nicht.«

»Grappa als Trösterin geschundener Männerseelen! Eine ganz neue Rolle ...«

»Hast du mich nur angerufen, um mich anzubrüllen?« trat ich die Verteidigung nach vorn an. »Sag mir lieber, wie es dir geht und wann du zurückkommst. Denkst du eigentlich manchmal an mich?« In der Leitung knackte es.

»Nein«, murrte er.

»Und? Wie schaffst du das?«

»Alkohol, Drogen, autogenes Training und Selbsthilfekassetten!«

Ich lachte. »Wenigstens dein Humor ist dir geblieben.«

»Wann zieht er wieder aus?«

»Baby, du nervst!«

»Da bin ich aber untröstlich!« Seine Ironie biß mich durchs Telefon. »Ich hoffe, du beziehst das Bett wenigstens frisch, falls ich bei dir auftauchen sollte.«

»Nur, wenn du unbedingt im Gästebett schlafen willst.«

Wir kabbelten uns noch ein bißchen. Ich berichtete in schillernden Farben von meinem Hausgast, lobte seine Reinlichkeit, seinen Putzfimmel und seine Hausfrauenqualitäten. Schade sei nur, daß Leon einen großen Buckel und das dritte Auge auf der Stirn habe, was seine Anwesenheit in meiner Wohnung zunächst etwas gewöhnungsbedürftig gemacht habe. Und erst die Nachbarn!

Meine Laune besserte sich. Nik erzählte begeistert von den USA, lediglich die amerikanische Eßkultur war ihm ein Greuel: Er träume nachts manchmal von italienischen Gourmet-Orgien, die er mit mir feiern wolle, wenn er zurückkäme.

Fünf Köpfe

Gleich neben dem Telefon hatte ich die Mappe plaziert. Wir setzten uns im Wohnzimmer aufs Sofa und klappten die Pappen auf. Fünf Porträts lagen dazwischen. Männerköpfe. Sie waren alle mit Kohlestift gemalt und nicht größer als eine Schreibmaschinenseite.

»Das gibt es doch nicht!« rief ich aus. Leon verstand noch nicht.

Das erste Bild zeigte den toten Ali Tabibi. Mir wurde heiß.

Die zweite Zeichnung war unverkennbar Oberstaatsanwalt Dr. Hasso Klima. Der glattrasierte Kopf, das ironische Lächeln mit den heruntergezogenen Mundwinkeln.

»Das ist der Apotheker.« Leon hatte das dritte Blatt in der Hand. James Kossmann – Halbglatze und Vollbart, ein albernes Lächeln im Gesicht.

Als ich das vierte Bild sah, wunderte ich mich schon nicht mehr. Es war Solo, der mich mit seinem Wieselgesicht anglotzte. Auf der letzten Zeichung prangte ein Mann, den ich nicht sofort erkannte. Ich strapazierte meine Erinnerung und kam drauf, daß es sich um Thilo May handelte – den Chef des Bierstädter Flughafens. Der Mann war ein beliebtes Motiv für die Pressefotografen, da er sich seit Jahren für den Ausbau des Airports stark machte und sich gern mal Schlachten mit der *Bürgerinitiative gegen den Fluglärm e. V.* lieferte.

Ein sechstes Blatt lag unter den fünf Porträts. Diesmal keine Zeichnung, sondern gezeichnete Buchstaben: *Die Fantastischen Fünf* stand da in geschwungenen Lettern.

»Ich verstehe nicht«, sagte Leon.

»Ich auch nicht«, murmelte ich. »Noch nicht. Sind Sie sicher, daß die Zeichnungen von Lena angefertigt worden sind?«

»Ja. Absolut. Es ist ihre Art zu malen.«

»Und warum hat sie ausgerechnet diese fünf Männer gemalt?«

»Keine Ahnung. Was hat das alles zu bedeuten?«

»Wenn ich das nur wüßte.«

Ich überlegte fieberhaft. *Die Fantastischen Fünf* – so nannten sich die unbekannten Erpresser, die die Kommune um vier Millionen Mark erleichtern wollten. In dem anonymen Brief hatten sie den Mord an Tabibi gestanden, dessen Leiche von vier Männern in die Bibliothek gebracht worden war.

Was verband den toten Tabibi, den agilen Oberstaatsanwalt Klima, den harmlosen Kossmann und den fotogenen May miteinander? Und welche Rolle zum Teufel spielte Mustafa »Solo« Rotberg, der Fotograf, der Tabibis Leiche gefunden und mich auf die Spur von Leon gebracht hatte?

Ich hatte den Überblick völlig verloren. Dieser Tatsache bewußt, entschied ich mich, zu dem einzigen Mittel zu greifen, das ich beherrschte: Ich mußte einen Artikel schreiben.

»Hören Sie zu, Leon«, sagte ich bestimmt. »Sie bleiben in der Wohnung, rühren sich nicht vom Fleck, machen niemandem auf und gehen nicht ans Telefon. Ich fahre jetzt in die Redaktion und entwerfe einen Schlachtplan.«

»Können wir das nicht gemeinsam machen?« flehte Leon.

»Ich brauche die Atmosphäre der Redaktionsstube«, behauptete ich und griff nach meiner Jacke. »Viel Kaffee, Telefonklingeln, einen Computer, der auf meine Geistesblitze wartet, und Kollegen, die mich nerven. Versprechen Sie mir, das zu tun, was ich eben gesagt habe?«

»Ja.«

»Braver Junge. Ich mag folgsame Männer. Es ist ja auch nur zu Ihrem Besten.«

Leon schaute mich skeptisch an. Ich deutete einen Gruß an und schnappte die Mappe mit Lenas Zeichnungen. Es kam Drive in die Sache – wohin der Weg allerdings weisen würde, war mir zu diesem Zeitpunkt noch schleierhaft. Täter und Opfer, Gut und Böse, Schwarz und Weiß – ich konnte keine klaren Abgrenzungen mehr erkennen.

Erwarte Connection

»Ich weiß nicht, wo mir der Kopf steht«, klagte ich, als ich Peter Jansen eine kurze Zusammenfassung der Ereignisse gegeben hatte. »Die Sache ist total wirr, nichts ergibt einen Sinn. Wenn *Die Fantastischen Fünf* die Männer auf den Zeichnungen sind, erpressen sie nicht nur die Stadt, sondern haben auch noch Tabibi auf dem Gewissen ... zumindest vier von ihnen. Ein Oberstaatsanwalt, ein Ratsmitglied, der Flughafenchef und ein renommierter Fotokünstler als mordendes Quartett. Das glaubt uns kein Mensch!«

»Du gehst die Sache falsch an«, meinte Jansen. »Um einen spannenden Artikel schreiben zu können, brauchst du keine Antworten, sondern Fragen.«

»Und welche?« rief ich genervt aus. »Soll ich die vier anrufen und fragen, ob sie die Stadt erpressen und den Teppichfritzen erledigt haben? Die werden vermutlich sofort gestehen ... und der Fall ist geklärt. Irgend jemand hat einen Heidenspaß daran, uns zu vernatzen. Ich habe hundert Fäden in meinem Kopf, die sich nicht miteinander verknüpfen lassen.«

»Arme Grappa!« grinste Jansen. »Welche Fragen interessieren dich in der Story denn am meisten?«

»Ist doch klar«, entgegnete ich. » Gibt es *Die Fantastischen Fünf* wirklich, und handelt es sich dabei um die fünf Männer, die von Lena gezeichnet wurden? Und wenn, was haben *Die Fantastischen Fünf* mit der Millionen-Erpressung zu tun, haben sie Tabibi umgebracht und wenn ja, warum?«

»Na siehst du«, brummte Jansen zufrieden. »Es geht doch. Diese Fragen stellst du morgen in unserem Blatt.«

»Die Leser glauben, daß wir ein Quiz veranstalten! Außerdem ist doch Stillschweigen über den Erpressungsversuch vereinbart worden«, warf ich ein. »Willst du Ärger mit Oberbürgermeister Gottwald riskieren?«

»Kein Problem. Die Sache hat jetzt ganz andere Dimensionen bekommen. Eine junge Frau ist verschwunden, ein Augenzeuge hat viel zu erzählen, und der Mord an Tabibi ist auch noch nicht geklärt. Und alles scheint mit dieser merkwürdigen Gruppe zusammenzuhängen. Ich regele die Sache mit dem OB schon.«

Schon im Türrahmen, fiel Jansen noch was ein: »Heute früh übrigens ist die geforderte Anzeige der Stadt im *Reviermarkt* erschienen. Hier ist sie!« Jansen reichte mir das Blatt.

Unter der Rubrik *Verschiedenes*, über einer Kleinanzeige über *Wasserbetten im Schlafpalais* und eingerahmt von Hilferufen von Frauen aus Tschechien und der Ukraine, die seriöse Männer für Freundschaft, Zusammenleben und Ehe suchten, war zu lesen: *Hallo, Ihr kleingläubigen Tiefflieger. Danke für die Bombenstimmung im Underground. Eure Fantastischen Fünf. Erwarte Connection unter Nebenstelle 1947.*

»Klär doch mal bei der Polizei ab, ob es die gewünschte Connection schon gegeben hat. Also ran an den Speck!«

»Auf deine Verantwortung«, maulte ich. »Du holst mich da raus, wenn's brennt, okay?«

»Sicher«, versprach Jansen. »Mach's so wie immer, Grappa: Stelle die falschen Fragen im richtigen Augenblick und die richtigen Fragen zur falschen Zeit, lasse deiner blühenden Phantasie freien Lauf, kleide alles in wohlgesetzte Worte und – hau den hilflosen Lesern alles um die Ohren. Deine Trefferquote ist dabei ja gar nicht so schlecht.«

»Jetzt weiß ich endlich, wie du meine Arbeit einschätzt«, sagte ich gekränkt. »Ich habe mich immer für einen ausgefuchsten Profi gehalten, der analytische Intelligenz mit genialer Kombinationsgabe paart, um unserer Provinzzeitung zu neuen Lesern zu verhelfen. Endlich hast du mir gezeigt, daß auch ich ein Mensch und damit sterblich bin.«

»Keep cool, Grappa! Könnten dich zwei Mandelhörnchen und das Versprechen auf eine Einladung in dein italienisches Lieblingsrestaurant aus dem mentalen Tief herausbringen?«

»Nur, wenn du die Mandelhörnchen in den nächsten zehn Minuten herschaffst«, stellte ich meine Bedingungen.

»Kein Problem«, grinste Jansen.

»Und wie willst du das anstellen? Der Volontär ist gerade auf Fortbildung.«

»Ach ja?«

»Der Kurs heißt *Nachgefragt bei Amnesty International*. Es geht um Menschenrechte und darum, wie man sie einklagen kann.«

»Hab ich das genehmigt?«

»Mußt du wohl. Er wird wohl für immer fürs Kaffeekochen und Brötchenholen verdorben sein.«

»Mist. Doch auch das ist heute nur ein kleines Problem für mich.«

»Willst du etwa selbst ...?« Ich war gerührt.

»Ach wo«, wies Jansen die Unterstellung zurück. Er bewegte sich grundsätzlich nur so viel, wie unbedingt nötig. »Heute ist die Sekretärin dran. Wenn sie sich weigert, lösche ich alle Computerspiele von ihrem PC.«

Zwei Stunden später hatte ich den Artikel fertig. Er war nicht unbedingt ein Meisterwerk des Enthüllungsjournalismus, denn enthüllt wurde hier so gut wie gar nichts.

Mord, Erpressung und Entführung: Ist toter Iraner Opfer der »Fantastischen Fünf«?

Im Text hieß es: *Die »Fantastischen Vier« sind eine deutsche Rockgruppe, die mit mehr oder weniger originellen Liedern ihr Publikum begeistern, »Die Fantastischen Fünf« jedoch sind eine Gruppe Krimineller, die in Bierstadt Morde begehen, die Stadt erpressen, Menschen bedrohen und entführen. Fest steht, daß vier Männer die Leiche des Teppichhändlers Ali Tabibi auf dem Gelände der Bibilothek abgelegt haben: Brutal ermordet. Unserer Zeitung liegt exklusiv die Aussage eines Augenzeugen vor, der die Geschehnisse in der Nacht beobachtet hat. Aus Angst vor einem Anschlag hat er sich an einem sicheren Ort versteckt.*

Fest steht auch, daß unbekannte Erpresser die Kommune um

vier Millionen Mark erleichtern wollen und mit Anschlägen drohen. Die Erpresser haben ihre Forderungen kurz nach dem Tod von Ali Tabibi gestellt. Die Gruppe nennt sich »Die Fantastischen Fünf«. Sie hat den Mord an dem iranischen Kaufmann in einem Erpresserbrief gestanden. Die Stadt hat Kontakt zu den Erpressern aufgenommen.

»Die Fantastischen Fünf« scheinen außerdem in einem Entführungsfall ihre Hände im Spiel zu haben. Eine junge Malerin, die fünf Männer porträtiert und als »Die Fantastischen Fünf« bezeichnet hat, ist spurlos verschwunden. Die Polizei fand eine blutbefleckte Bluse in ihrer Wohnung. Unserer Zeitung liegen die Zeichnungen im Original vor.

Ob es sich bei der Gruppe um eine mafiaähnliche Bande handelt, die das gesellschaftliche Leben in Bierstadt kontrollieren will, konnte noch nicht geklärt werden. Die Behörden ermitteln fieberhaft – doch zur Zeit noch mit wenig Erfolg.

»Na also«, meinte Jansen. »Hört sich doch ganz gut an. Und jetzt muß ich los. Meine Tochter Beate hat sich in Kevin verliebt. Ich habe versprochen, sie zu ihm zu fahren.«

»Beate? Sie ist doch erst vierzehn.«

»Alle Mädchen, die sich in Kevin verliebt haben, sind in dem Alter. Sag bloß, du kennst Kevin nicht?«

»Nie gehört.«

»Kevin spielt bei den Backstreet-Boys. Zuerst fand Beate Brian ja netter, doch dann – es war vor etwa drei Wochen – vermißte sie bei ihm den intellektuellen Tiefgang. Kevin sei ernsthafter und seine Moral sei besser!«

»Kinder«, stöhnte ich. »Wie gut, daß mir sowas erspart geblieben ist!«

Alles Lüge, oder was?

Was würde am nächsten Morgen geschehen? Ich stellte mir diese Frage, als ich abends zu meiner Wohnung fuhr. Alle würden mit Lust auf mir herumhacken. Oberstaatsanwalt Klima würde auf der Matte stehen, *Die Fantastischen Fünf* und/oder die Mörder hätte ich ebenfalls am Hals. Ich mußte mir Leon noch einmal vorknöpfen. Irgendwo hatte seine

Schwester die fünf Porträts gezeichnet – sie mußte ihre Modelle also kennen.

Ich fischte den Schlüssel aus meiner Handtasche und schloß die Tür auf. »Leon!« rief ich. »Ich habe Neuigkeiten.«

Niemand antwortete. Mir war sofort klar, daß er weg war – seine Schwester retten.

Tut mir leid – war auf einem Zettel zu lesen, der auf dem Küchentisch lag – *Ich muß Lena suchen. Vielen Dank für alles! Leon.*

Eine Sorge weniger, dachte ich. Leon hatte mein Leben durcheinander gebracht, er hatte Nik mit seinem naiven Gequatsche vergrault, sich von mir durchfüttern lassen und mich mit seinem Putzfimmel genervt.

Doch wo war die Erleichterung, die mich eigentlich erfüllen sollte? An ihre Stelle traten Sorge, Einsamkeit und Angst. Leon war diesen Leuten nicht gewachsen, die Mörder würden ihn kaltlächelnd wegpusten.

Ich überprüfte die Schlösser meiner Wohnung, holte eine Flasche badischen Gutedel aus dem Kühlschrank und schob eine Tiefkühlpizza in den Backofen.

Der Wein stand zartgelb im von außen beschlagenen Glas. Ich hielt es gegen das Licht, wie ich es schon oft getan hatte. Das Klingeln des Telefons bewahrte mich davor, ins Selbstmitleid abzudriften.

»Hier Brinkhoff«, sagte die Stimme. »Ich habe das Laborergebnis. Das Blut auf der weißen Bluse stammt von einem Mann.«

»Was?«

»Sie haben richtig gehört. Ich habe es mit dem Blut von Tabibi vergleichen lassen. Es gibt keinen Zweifel, daß es identisch ist.«

»Das gibt's doch nicht!« rief ich fassungslos. »Dann müßte Tabibi ja in Lenas Wohnung getötet worden sein.«

»Nicht unbedingt«, widersprach der Hauptkommissar. »Jemand könnte die Bluse in die Wohnung gelegt haben, um den Eindruck zu erwecken, daß die Malerin und ihr Bruder etwas mit dem Tod von Tabibi zu tun haben. Ich bezweifle zwar, daß es diesen Jemand gibt, aber ... Kann ich den Bruder mal sprechen?«

»Er ist ... weg«, stotterte ich. »Er will seine Schwester suchen. Ich fand einen Brief von ihm, als ich vor einer Stunde nach Hause kam.«

»Dann haben Sie ihm also doch gesagt, daß seine Schwester weg ist!«

»Ich konnte nicht anders«, sagte ich zerknirscht.

»Das ist jetzt auch egal. Aufgrund der veränderten Lage mußte ich dem Oberstaatsanwalt meine neuesten Erkenntnisse mitteilen«, berichtete Brinkhoff. »Seien Sie vorsichtig, Frau Grappa. Dieses Geschwisterpaar scheint nicht so unschuldig zu sein, wie wir bisher geglaubt haben.«

Ich dachte an die fünf Porträts. Brinkhoff sollte von ihrer Existenz nicht aus der Zeitung erfahren. Schnell hatte ich ihm erzählt, was ich in der Zeichenmappe entdeckt hatte.

»Ein schlauer Schachzug«, bewertete der Hauptkommissar die Fakten. »Die beiden bringen unbescholtene Leute in Verdacht, um von sich abzulenken. Glauben Sie mir, die beiden wollen die vier Millionen Mark erpressen und sich aus dem Staub machen. Für mich stehen die Täter fest – Leon und Lena Pirelli.«

»Ist das der Nachname der Geschwister?« Merkwürdig, daß ich mich nie dafür interessiert hatte.

»Das war keine schwere Aufgabe, den heraus zu bekommen«, berichtete Brinkhoff. »Immerhin gibt's da einige kleinere Ordnungswidrigkeiten wie ›Störung der Sonntagsruhe‹ und ›Erregung öffentlichen Ärgernisses‹, von den Betrugsermittlungen gegen Leon Pirelli ganz zu schweigen. Jetzt planen die beiden den ganz großen Coup – und Sie sollen ihnen dabei helfen.«

»Das kann ich mir nicht vorstellen!«

»Sie sind doch sonst so clever, Frau Grappa. Die beiden lügen, was das Zeug hält. Oder glauben Sie wirklich, daß der Oberstaatsanwalt, ein Ratsmitglied, der Flughafenchef und dieser Fotograf die Stadt erpressen und den Teppichhändler getötet haben? Die angebliche Zeugenaussage Ihres Geigenspielers könnte genauso gelogen sein wie die Entführung seiner Schwester.«

Klima greift zu

Oberstaatsanwalt Dr. Hasso Klima stand am nächsten Morgen um punkt neun Uhr vor den verschlossenen Redaktionstüren des *Bierstädter Tageblattes*. Er hatte einen Hausdurchsuchungsbefehl und vier Beamte der Kriminalpolizei mitgebracht. Die Delikte, die wir begangen hatten, nannten sich »Unterschlagung von Beweismaterial« und »Vertuschung einer Straftat«.

Die albanische Putzfrau hatte gerade begonnen, ihren Schrubber zu schieben, als die fünf Herren eintrafen. Ihre Deutschkenntnisse waren durch einen Sprachkurs bei der Arbeiterwohlfahrt inzwischen so gut, daß sie die Männer bat, um elf Uhr noch mal vorbeizuschauen. Erst dann würde Leben in der Bude sein.

Doch so lange wollte Hasso Klima nicht warten. Er scheuchte Peter Jansen vom heimischen Frühstückstisch hoch, Jansen wiederum holte mich unter der Dusche hervor. Mit feuchten Haaren war ich zehn Minuten später in der Redaktion. Obwohl ich ungeschminkt war, erkannte man mich trotzdem.

»Wo sind die Zeichnungen?« blaffte Klima, als er mich sah.

»Welche Zeichnungen?« versuchte ich erst mal Zeit zu gewinnen.

»Ich meine die Bilder der verschwundenen Straßenmalerin, über die Sie heute so ausführlich geschrieben haben!« Klima hielt mir die aktuelle Ausgabe unseres Blattes vor die Nase. Er schnaubte leicht, sein Teint beeindruckte durch eine dunkelrote Farbe. Hypertoniker – dachte ich, noch ein kleines bißchen ärgern – dann greift er sich ans Herz, fällt um und tschüs.

»Fühlen Sie sich nicht wohl?« fragte ich voll geheuchelter Fürsorge. »Soll ich Ihnen ein Glas Wasser holen?«

Die Oberschwestermasche beeindruckte ihn überhaupt nicht. »Antworten Sie gefälligst, oder ich nehme Sie in Beugehaft!« schrie er.

»Sie sind ein sehr ungeduldiger Typ«, meinte ich mild, »der offenbar Schwierigkeiten im Umgang mit Menschen hat. Warum haben Sie mich nicht einfach angerufen und mir gesagt, daß Sie an den Bildern interessiert sind? Ich bin den Ermittlungsbehörden doch gern bei der Aufklärung von Straftaten behilflich.«

»Lassen Sie Ihr Gesülze«, sagte Klima grob. »Raus mit den Bildern, aber dalli!«

»Sind Sie sicher, daß Sie die Zeichnungen wirklich sehen wollen?«

»Warum, glauben Sie, sind wir gekommen? Um Ringelreihen zu spielen?« Die Frage klang leise und gefährlich.

»Okay. Kommen Sie!« Ich ging in meine Einzelzelle, Klima folgte.

Wütend schloß ich meine Schreibtischschublade auf, zog die Mappe heraus und knallte sie auf den Tisch. »Bedienen Sie sich!«

Der Oberstaatsanwalt öffnete die Pappdeckel und betrachtete die Bilder. Ich hatte ihn genau im Blick. Oben auf lag das Deckblatt mit der Aufschrift *Die Fantastischen Fünf*, es folgte das Porträt des Airport-Chefs.

»Das ist Thilo May«, erklärte ich, »der Geschäftsführer der Flughafengesellschaft.«

Klima blätterte um und hatte nun Kossmanns Konterfei in der Hand.

»Und hier haben wir es mit James Kossmann zu tun. Ratsmitglied und Apotheker in der Innenstadt. Sein Laden liegt nur wenig vom Fundort der Leiche entfernt.«

Klima reagierte nicht, seine Augen hatten sich am eigenen Bild festgesaugt. Jetzt wirkte er nicht mehr besonders souverän.

»Das ist Oberstaatsanwalt Dr. Hasso Klima«, machte ich mit der Vorstellungsrunde weiter. »Er ermittelt im Mordfall Tabibi und versucht, unbekannte Erpresser zu finden, die sich den Namen *Die Fantastischen Fünf* gegeben haben. Eine schwere Aufgabe, denn es scheint, daß Dr. Klima selbst Mitglied der Erpresserbande ist – genauso wie Mustafa Rotberg, Fotograf und Entdecker der Tabibi-Leiche. Sein Porträt ist auch in dieser Mappe.«

Klima hob den Kopf und sah mich an. Er war kreidebleich und sichtlich verwirrt. »Wie ist das möglich?« stammelte er.

Ich zuckte die Schultern. »Sind Sie nicht derjenige, der Fragen stellt?«

Der Oberstaatsanwalt lief ein paar Schritte durch mein Büro – noch immer völlig fassungslos. Kalter Schweiß stand auf seiner Stirn.

»Ich habe für all das keine Erklärung«, sagte er leise. Der Kasernenhofton war ihm gründlich vergangen. Fast tat er mir leid, doch solche Gefühle waren fehl am Platz. Er war angeschlagen, und ich mußte das so weit wie möglich ausnutzen.

»Haben Sie irgendwelche Verbindungen zu den vier Männern, deren Bilder in der Mappe sind?« fragte ich streng.

»Tabibi habe ich nie getroffen, May kenne ich aus der Zeitung, doch wir sind uns nie persönlich begegnet. Den Fotografen habe ich vernommen, weil er die Leiche des Iraners gefunden hat. Auch den Apotheker kenne ich seit kurzem. Ich habe ihn im Zuge meiner Ermittlungen nach dem Geigenspieler befragt. Das war alles.«

»Irgendeine Verbindung zwischen Ihnen muß es geben«, beharrte ich. »Können Sie sich erinnern, irgendwann mal porträtiert worden zu sein?«

»Von einer Straßenmalerin?« Klima lachte auf. »Bestimmt nicht. Ich gehe kaum spazieren – schon gar nicht auf irgendwelchen Plätzen, wo solche Leute für gewöhnlich ihrem Gewerbe nachgehen.«

»Sie sollten über solche Leute nicht die Nase rümpfen«, riet ich ihm, »die versuchen auch nur, über die Runden zu kommen. Außerdem ist die Frau – sie heißt Lena Pirelli – verschwunden. Ihr Bruder ist der Augenzeuge, den ich in meinem Artikel erwähnt habe. Sie sollten Lena suchen und die Sache klären.«

»Es ist alles wie ein schlechter Witz«, stöhnte Klima. »Ich arbeite fünfzehn Stunden am Tag, um die Erpresser zu erwischen, und jetzt das! Jemand bewirft mich mit Dreck, will mich aus dem Verkehr ziehen, mich ruinieren ...«

»Und wer sollte das sein ... und warum?«

»Dieses saubere Geschwisterpaar steckt dahinter! Hauptkommissar Brinkhoff hat mich über alles informiert. Ich weiß auch, daß der Mann bei Ihnen Unterschlupf gefunden hat. Warum das alles, Frau Grappa?«

»Ich hatte Mitleid mit ihm«, behauptete ich. »Er hatte Angst.«

»Ach ja?« Klima versprühte Hohn und war wieder ganz der Alte.

»Tut mir leid«, sagte ich zerknirscht. »Ich konnte nicht anders. Ich bin von Nonnen erzogen worden.«

»Irgendwann kriegen Sie ordentlich was aufs Maul«, prophezeite Klima. »Ich kannte einige Frauen wie Sie. Entweder sind sie tot oder landeten im Knast.«

»Sie lassen mich hoffen, doch noch eine wichtige Person der Geschichte ... der Kriminalgeschichte zu werden. Ich werde die Zeichnungen übrigens morgen veröffentlichen!« erklärte ich.

»Das werden Sie nicht tun«, schnarrte Klima. »Die Zeichnungen sind hiermit beschlagnahmt.« Er nahm die Mappe, klappte sie zu.

»Das können Sie nicht tun«, rief ich empört.

Klima klemmte sich die Zeichnungen unter den Arm, setzte ein triumphierendes Lächeln auf und verschwand.

Er kennt den Eichörnchentrick nicht, dachte ich, vergrabe deine Beute an unterschiedlichen Stellen. Ich zog ein paar Blätter hinter dem Büroschrank hervor. Diese modernen Kopierer arbeiten wirklich gut.

Klima steigt aus, andere steigen ein

Seit Tagen hatte ich versucht, Solo zu erreichen – vergebens. In seiner Wohnung leierte der Anrufbeantworter immer denselben Sermon herunter, die Hamburger Fotoagentur, für die er knipste, behauptete, Solo sei mit einem Spezialauftrag ins Ausland gereist.

Klar, daß Apotheker Kossmann und Flughafenchef May es Klima nachmachten: Sie bestritten nicht, sich flüchtig zu kennen, und sie behaupteten, niemals von einer Straßenmalerin gezeichnet worden zu sein. Selbstverständlich hätten sie Ali Tabibi nicht ermordet und die Stadt auch nicht um vier Millionen Mark erpre_t. Klima war aus dem Fall zunächst raus – nach meinem Artikel, in den die fünf Zeichnungen eingebettet waren, hatte der Generalstaatsanwalt seinen Kollegen Klima von dem Fall abgezogen.

Ein paar Tage lang hörte ich weder etwas von Leon noch von den Erpressern oder von Solo. Die einzigen, mit denen ich über die Sache sprach, waren Peter Jansen und Hauptkommissar Anton Brinkhoff, der noch immer fieberhaft nach Leon und Lena Pirelli suchte.

Es war ein schöner, milder Sommertag, als wieder Schwung in die Geschichte kam. In der Kantine der Stadtverwaltung war am Vortag vergiftetes Bier ausgeschenkt worden – so behauptete ein Anrufer, der sich bei Jansen in der Redaktion meldete. Einige Mitarbeiter der Verwaltung lägen im Krankenhaus. Wir überprüften die Angaben, und sie stimmten.

Zwei Stunden später lag uns die Analyse des städtischen Hygieneinstitutes vor: Die Substanz im kühlen Blonden war kein Gift, sondern ein starkes Schlafmittel gewesen. Der nicht geplante Schlaf der städtischen Beamten hatte keinerlei Auswirkungen auf die Handlungsfähigkeit der Kommune. Der Output bei den Dienstleistungen war so üppig wie immer.

Stadt-Pressesprecher Henri Trabbel versuchte, die Sache herunterzuspielen, bestritt einen Zusammenhang mit der Erpressung. Das war gegen Mittag. Eine Stunde später erreichte uns eine Pressemitteilung der Staatsanwaltschaft, daß eine Aushilfskraft der städtischen Kantine verdächtigt würde, für den Anschlag verantwortlich zu sein. Leider sei der junge Mann nicht auffindbar. Ich dachte sofort an Leon – doch die Beschreibung paßte absolut nicht auf ihn. Erleichtert atmete ich durch.

Dann erfuhren wir, daß im Bierstädter Stadtpark vergiftete Fleischstücke ausgelegt worden waren – ein paar Vierbeiner hatten davon gekostet, und es war ihnen übel geworden.

Auch jetzt sah die Verwaltung noch keinen Grund zuzugeben, daß die unbekannten Erpresser ihre Finger im Spiel haben könnten.

»Schreib sechzig Zeilen«, forderte mich Jansen auf, »aber bausch die Sache nicht so auf. Vielleicht sind's doch nur Zufälle.«

»Daran glaubst du doch selbst nicht«, widersprach ich. »Die Erpresser wollen zeigen, was sie können. Sie haben mit Anschlägen auf die Gesundheit der Bevölkerung gedroht, oder?«

»Du hast recht«, stimmte Jansen zu. »Ich ruf beim Büro des Oberbürgermeisters an. Die können die Sache jetzt nicht mehr unterm Tisch halten.«

»Und ich quetsche Brinkhoff aus. Das wäre doch gelacht, wenn wir nichts rausbekämen. Also – an die Arbeit.«

Eine halbe Stunde später wußten wir, daß sich *Die Fantastischen Fünf* zu den beiden Anschlägen bekannt hatten. Bei der Polizei und bei Oberbürgermeister Gregor Gottwald war jeweils ein Bekennerschreiben eingegangen.

Zähneknirschend gab Henri Trabbel eine entsprechende Pressemitteilung heraus und bediente somit auch die Konkurrenz. Jetzt würde der übliche Medienrummel starten.

»Wir recherchieren uns einen Wolf, und der Sesselfurzer pustet unsere Ergebnisse in alle Welt«, erregte ich mich. »Wäre schön gewesen, wenn wir die Story exklusiv gehabt hätten.«

»Das geht ja wohl nicht«, widersprach Jansen. »Gift gegen Beamte und Vierbeiner gehören nicht nur einer Zeitung, sondern allen Medien und Menschen.«

»Es war doch nur ein harmloses Schlafmittel«, stellte ich richtig. »Alle sind nur ein bißchen eingenickt.«

Ein wenig Sonnenschein

Erpresser machen ernst – Anschläge demonstrieren Macht der »Fantastischen Fünf« titelte ich kurze Zeit später. In der Unterzeile hieß es: *Gift gegen Beamte und Hunde – Wird die Stadt vier Millionen zahlen?*

Die Antwort auf diese Frage gab mir Hauptkommissar Anton Brinkhoff kurze Zeit später. Ich hatte ihn angeläutet, um meinen Artikel noch mit ein paar Exklusivinformationen anzureichern. Der Krisenstab um Oberbürgermeister Gregor Gottwald hatte beschlossen, die Forderungen der *Fantastischen Fünf* zu erfüllen – um Schaden von der Stadt und ihren Bürgerinnen und Bürgern abzuwenden. Sie wollten also zahlen.

»Wie soll die Geldübergabe ablaufen?« fragte ich Brinkhoff.

»Das ist noch nicht klar. Der Krisenstab hat zur Zeit keinen Kontakt zu den Erpressern.«

»Ist die Telefonnummer aus der Anzeige im *Reviermarkt* noch geschaltet?«

»Die Leitung steht noch. In wenigen Minuten bekommen alle Medien eine offizielle Pressemitteilung. In der bittet die Stadt die Erpresser, Kontakt zwecks Geldübergabe aufzunehmen.«

»Und was machen die Ermittlungen zur Identität der Täter?«

Brinkhoff verstand nicht gleich, worauf ich hinaus wollte.

»Die Zeichnungen!« half ich nach.

»Niemand nimmt diese Sache ernst«, behauptete der Hauptkommissar. »Die Fahndung nach Leon und Lena Pirelli läuft allerdings weiter. Wir verdächtigen die beiden übrigens nicht mehr, die wirklichen Erpresser zu sein. Die beiden sind kleine Betrüger, die eine solche Millionenerpressung niemals organisieren könnten. Wir suchen sie nur noch als Zeugen, die zufällig mit den *Fantastischen Fünf* in Kontakt gekommen sind.«

»Das freut mich für die beiden. Und die Bilder? Warum hat Lena fünf Männer gemalt und sie als *Fantastische Fünf* bezeichnet?« blieb ich am Ball.

»Ein Gag. Das Mädchen wurde vielleicht gezwungen, die fünf Männer zu zeichnen, um ein bißchen Verwirrung zu verursachen. Man hat ihr irgendwelche Fotos gegeben. Oder glauben Sie, Erpresser lassen sich porträtieren und deponieren ihre Steckbriefe in der Wohnung, damit Frau Grappa vom *Tageblatt* sie findet?«

»Könnte sein, daß es eine falsche Spur ist«, räumte ich ein. »Doch wo gibt es Fotos von den fünf Männern, die jemand Lena zum Abmalen geben konnte?«

»Auch das haben wir überprüft. Ali Tabibis Foto war mehrmals in den Zeitungen abgebildet – auch in Ihrem Blatt – als er Ärger mit der Steuerfahndung hatte. Außerdem zierte sein Kopf jeden Werbeprospekt für die Orientteppiche. Der Flughafenchef, der Oberstaatsanwalt und der Apotheker sind Vorstandsmitglieder des Clubs *Sunshine* – vor zwei Monaten waren alle drei in der Fußballzeitschrift *Kicker* zu sehen – als Ausrichter eines Jugendfußballturniers für sozial benachteiligte Jugendliche.«

Warum hatte Klima bestritten, May und Kossmann näher zu kennen, wo die drei doch im Vorstand dieses Clubs saßen, schoß es mir durch den Kopf, hier stinkt was.

»Gute Arbeit, Herr Brinkoff«, lobte ich. »Die Kripo hat ja echt was auf dem Kasten. Jetzt fehlt nur noch Solo – ich meine Mustafa Rotberg. Wo könnte die Malerin ihn gesehen haben?«

»Auch kein Problem. Vor zwei Monaten hat er einen Preis für ein Foto aus dem Bosnien-Krieg bekommen. Über die Preisverleihung wurde in einer Fachzeitschrift berichtet. Alles klar, Frau Grappa?«

»Ich muß Ihre Informationen erst mal verdauen«, gestand ich. »Dieser *Sunshine-Club* – was ist das für eine Gruppe? Gehen die gemeinsam einmal pro Woche zur Sonnenbank?«

»Das vielleicht auch. *Sunshine* – das ist ein exklusiver Zirkel – so ähnlich wie *Lions* oder *Rotary*. Leute, die glauben, was Besonderes zu sein, haben sich hier zusammengeschlossen und bringen ab und zu ein wenig Sonne ins Leben armer Menschen.«

»Brinkhoff! Das klingt ja ziemlich ironisch. Könnten Tabibi und Solo da auch drin sein?«

»Nein. Herr Tabibi ist Ausländer, und Herr Rotberg hat kein Geld. Das sind absolute Zugangssperren für den *Sunshine-Club*.«

Die Geldübergabe

»Warum gerade Kossmann?« Ich konnte nicht fassen, was da aus dem Fax-Gerät auf meinen Schreibtisch geflattert war. Absender war das Bierstädter Polizeipräsidium, die Pressemitteilung war vertraulich – also wieder mal nicht zur Veröffentlichung bestimmt.

»Hier steht es doch!« Peter Jansen hatte die beiden Seiten zu Ende gelesen. Wir saßen noch immer in der Redaktion, es war Abend geworden. Die Polizeipressestelle hatte eine wichtige Information angekündigt – also waren Jansen und ich geblieben. Die Gaststätte nebenan hatte gerade ein paar Mettbrötchen mit vielen Zwiebeln geliefert, die Kaffeemaschine lief wieder mal heiß.

»Warum, glaubst du, haben die Erpresser ausgerechnet Kossmann als Geldkurier verlangt? Ich kann's dir sagen: Weil er dazu gehört«, ereiferte ich mich.

»Mensch, Grappa!« Jansen war genervt. »Begreif doch endlich, daß dir niemand deine Geschichte glaubt. Die Zeichnungen sind ein Witz von jemandem, der dich und uns alle nach Strich und Faden verarschen will.«

»Mal sehen, wer zum Schluß richtig liegt«, sagte ich. »Jetzt müssen wir nur noch rauskriegen, wie die Geldübergabe heute nacht vor sich geht. Es sieht jedenfalls nach einer Menge Überstunden aus.«

Ich wollte gerade zu dem dritten Brötchen greifen, als es an der Redaktionstür klingelte. Wir hatten den Laden dicht gemacht, Publikumsverkehr gab es um diese Uhrzeit nicht mehr – es war bald zehn.

»Das müssen *Die Fantastischen Fünf* sein, die mit dir die Einzelheiten der Tat absprechen wollen«, versuchte Jansen einen Witz. »Hoffentlich haben sie die vier Millionen schon dabei.«

Der Besuch war in der Tat überraschend. »Solo!« sagte ich entgeistert, als ich die Tür geöffnet hatte.

»Tag, Grappa«, grinste er verlegen. »Kann ich reinkommen?«

»Sicher«, meinte ich. »Wo hast du so lange gesteckt? Ich hätte viel mit dir zu bereden gehabt.«

»Kann ich mir denken.«

»Woher wußtest du überhaupt, daß ich noch in der Redaktion bin?«

»Ist doch klar, daß du in dieser Nacht nicht zu Hause fernsiehst«, antwortete der Fotograf. »Das Geld wird doch gleich übergeben.«

Ich sah erstaunt auf. Der Bursche hatte das zweite Gesicht! Inzwischen hatte Jansen den späten Gast gesichtet.

»Ach nee!« entfuhr es ihm. »Unser Superfotograf. Womit haben wir diese Ehre denn verdient?«

Solo musterte Jansen. Gut verstanden hatten sich die beiden nie. Solo war schon als Fotovolontär ein verschlossener Einzelgänger gewesen, der sich den üblichen Redaktionsritualen immer entzogen hatte: kein Umtrunk nach einer gelungenen Story, keine Kuchenrunden an Geburtstagen, keine frauenfeindlichen Zoten und kein Kontakt zu Kollegen nach Feierabend.

»Ich komme, um Grappa zu sprechen«, meinte Solo reserviert.

»Grappa muß arbeiten«, blaffte Jansen.

»Langsam, ihr zwei«, versuchte ich, die gespannte Stimmung zu entkrampfen. »Wir haben heute nacht Wichtigeres zu tun, als Hahnenkämpfe zu bestreiten. Willst du ein Brötchen und Kaffee?«

Der Fotograf nickte.

»Ich dachte, ein Moslem darf kein Schweinefleisch essen«, hämte Jansen, als sich Solo die Mettstulle zwischen die Zähne schob.

»Ich bin hier, um euch einen Gefallen zu tun«, kaute der Fotograf.

Er griff in eine Aktentasche und zog ein schwarzes Gerät heraus, das eine Kreuzung aus Radio und Handy zu sein schien.

»Ich habe herausgekriegt, auf welcher Frequenz die Bullen die Geldübergabe überwachen. Kossmann ist voll verkabelt. Ihr könnt alles mithören. Wollt ihr?«

»Sicher«, meinte ich entzückt.

»Ich weiß nicht, ob wir deine Hilfe annehmen dürfen«, mischte sich Jansen wieder ein. »Immerhin gehörst du ja selbst zu den *Fantastischen Fünf*, oder?«

»Ein Witz«, erwiderte der Fotograf. »Ich habe Grappas Story im *Tageblatt* gelesen und herzlich gelacht.«

»Ich dachte, du glaubst die Sache mit den Zeichnungen nicht, Peter«, sagte ich schnell, um einen neuen Streit zu vermeiden. »Ich finde es klasse, daß Solo uns helfen will. So können wir morgen mit einer Top-Story herauskommen! Dann schmeiß mal die Mühle an!«

Nach ein bißchen Rauschen hatte Solo die Frequenz eingestellt. Die Sache schien schon im Gang zu sein.

Eine Stimme sagte: *»Hier Florian. Ich bin jetzt in der Telefonzelle. Der Zettel liegt im Geldrückgabeschlitz. Ich habe ihn.«*

»Das ist die Stimme von Kossmann«, erläuterte Solo. »Er hat den Zettel der Erpresser gefunden. Sie haben ihn dort deponiert.«

»Und warum sagt er nicht, was auf dem Zettel steht?«

»Er darf den Ort erst nennen, wenn er angekommen ist. Die Erpresser hören zu. Sie wollen so verhindern, daß die Polizei zugreifen kann.«

»Was? Die Täter hören mit?«

»Sie haben die Frequenz selbst ausgesucht.«

»Und woher weißt du das alles?« Mir kam die Situation langsam unheimlich vor.

»Ich habe einen Informanten im Krisenstab und höre den Funkverkehr schon seit einer Stunde ab«, erklärte der Fotograf. »Die Täter haben Kossmann angewiesen, eine der drei Telefonzellen auf dem Vorplatz des Hauptbahnhofes anzusteuern. Das war vor einer halben Stunde.«

»Ich bin auf dem S-Bahnsteig 1 b. Bisher keine Kontaktaufnahme. Ich wurde angewiesen, einen gewissen Ort aufzusuchen.«

Wir hörten eine Tür ins Schloß fallen. »Jetzt ist er auf dem Klo«, mutmaßte Solo.

»Wie kommst du darauf?«

»Er sprach von einem gewissen Ort«, zitierte Solo. »Was kann das wohl sein?«

»Ich habe eine weitere Anordnung gefunden. Ich verlasse den Ort.«

Wieder schlug eine Tür. Einige Minuten waren nur Schritte zu hören.

»Kann die Polizei mit Kossmann wirklich keinen Kontakt aufnehmen?«

»Sie darf es nicht«, antwortete der Fotograf. »Wenn die Bullen mit ihm reden, ist alles zu Ende.«

»Verdammt ausgeklügelt«, wunderte ich mich.

»Gespenstisch«, murmelte Peter Jansen.

»Wer sind Sie? Sie können doch nicht ...« sagte Kossmann mit Entsetzen in der Stimme.

Wir hielten den Atem an. Jemand hatte Kontakt mit dem Geldkurier aufgenommen.

»Man hat mir etwas über den Kopf gezogen. Ich kann nichts mehr sehen. Was wollen Sie von mir?« Die Stimme des Apothekers drückte Hilflosigkeit und Entsetzen aus.

»Der arme Mann«, murmelte ich.

»Es ist so schrecklich dunkel. Ich ... ich kann nicht mehr. Nein, was soll das? Lassen Sie mich doch ... Hilfe ... Ich kann nicht mehr atmen ... Hilfe!«

Durch das Funkgerät war jetzt nur noch Kossmanns Keuchen zu hören. Er schien keine Luft mehr zu kriegen.

»Oh Gott«, schrie ich. »Die bringen ihn um. Warum tut denn keiner was?«

»Still, Grappa«, brüllte Jansen.

»Hör doch mal! Was ist das?«

Ich verstummte. Solo drehte den Ton weit auf. Kossmanns Stöhnen war ein leises Röcheln geworden.

»Da!«

Leise Musik erreichte unsere Ohren. Violinmusik. Leon, dachte ich panisch, also doch! Kossmann gab inzwischen keinen Laut mehr von sich. Die Musik kam näher. Sie war melodisch und zart. Der Geigenspieler mußte direkt vor dem Apotheker stehen.

Auf meiner Stirn stand kalter Schweiß. Dann brach die Musik ab. Wir hörten sich entfernende Schritte. Das war's.

»Er ist tot«, sagte ich mit schleppender Stimme. »Man hat ihn einfach umgebracht.«

»Mensch, Grappa!« rief Jansen aufgeregt. »Hast du die Musik gehört? Das war dein Geigenspieler!«

»Sieht so aus, aber ... ich glaub's einfach nicht«, flüsterte ich. Mir war schlecht.

Solo fummelte an dem Funkgerät und stellte den Polizeifunk ein. Eine Einsatzhundertschaft war dabei, den Hauptbahnhof zu umstellen, die Straßen wurden gesperrt, alle Passanten kontrolliert. Hubschrauber wurden angefordert, Autobahnen überwacht und anderes mehr. Die übliche Polizeiroutine begann abzulaufen.

Eine halbe Stunde später erreichte uns eine Nachricht aus dem Polizeipräsidium. Der Krisenstab teilte mit, daß James Kossmann ermordet worden war. In einem S-Bahn-Tunnel hatten Unbekannte den Koffer mit den vier Millionen geraubt und den Überbringer des Geldes mit einer Plastiktüte erstickt. Die Fahndung nach Leon Pirelli, dem Geigenspieler, wurde noch in dieser Nacht erheblich ausgeweitet.

Lange Nacht, langer Morgen

»Ich bin fertig«, sagte ich erschöpft. »Ich kann diesen Artikel nicht mehr schreiben.«

»Ich dachte, du bist ein Profi«, meinte Jansen ärgerlich. »Es geht nicht um hundert Zeilen, sondern um eine knappe Meldung für den Teil des Mantels, der noch nicht gedruckt ist. Der Rest folgt bei Tageslicht.«

»Bitte, Peter! Fummel du die dreißig Zeilen zusammen«, bat ich.

»Warum machst du ausgerechnet jetzt schlapp? Mitleid, Betroffenheit – oder was? Du kanntest Kossmann doch gar nicht näher!«

»Stimmt.« Ich stand auf, um meine Sachen zu packen. »Er war ein völlig harmloser Mensch, der keiner Fliege was zu leide tun konnte. Es ist völlig sinnlos. Warum haben sie ihn umgebracht? Es hätte doch gereicht, wenn sie die vier Millionen genommen hätten.«

»Wenigstens ist jetzt sicher, daß Kossmann nicht zu den *Fantastischen Fünf* gehörte. Das trifft wahrscheinlich auch auf die anderen zu. Herrn Rotberg zum Beispiel.« Jansen warf einen Blick auf Solo.

»Es sei denn, die bringen sich in diesem Fünfer-Club gegenseitig um«, setzte er nach. Jansen war müde.

»*Die Fantastischen Fünf* sind also doch ein verdammtes Phantom, das überhaupt nicht existiert«, gähnte ich. »Ihr hattet recht.«

»Vielleicht sind die fünf Männer auf den Bildern nicht die Täter, sondern die Opfer«, mischte sich Solo ein. »Erst Tabibi, jetzt Kossmann. Wenn Klima, May und ich auch noch umgebracht werden, stimmt die Theorie.« Er lachte heiser.

Ich sah ihn überrascht an. Solo hatte irgendwas gesagt, was ein Klicken in meinem Gehirn ausgelöst hatte. Der Gedanke streifte mein Bewußtsein – und verschwand wieder. Täter und Opfer. Zwei der *Fantastischen Fünf* waren tot. Klima, Kossmann und May waren Mitglieder im *Sunshine-Club*. Ich sollte mich doch mal um diesen Verein kümmern, dachte ich.

Als Solo und ich draußen vor der Tür standen, atmete ich durch. Die Luft war klar und frisch. Es war die Stunde, in der noch alles verstummt war.

»Ich brauche was zu trinken«, gestand Solo. Er hustete, und es klang gar nicht gut.

»Ich auch«, stimmte ich zu. »Aber wo?«

Es war halb drei. Die einzigen möglichen Quellen mit alkoholischen Getränken waren die Großmarktkneipe oder meine Wohnung. Letztere war schneller erreichbar.

»Zu mir«, entschied ich.

Solo nickte. Ich betrachtete ihn, während wir zum Parkplatz des Verlagshauses schlichen. Er sah nicht gerade aus wie das blühende Leben. Alkohol und Zigaretten hatten seinem Körper zu schaffen gemacht, das Haar begann schütter zu werden, das Wieselgesicht war gelblich-bleich. Das einzige, das Solo von seiner libanesischen Mutter geerbt hatte, waren die klassische Arabernase und die Eigenart, innerhalb kurzer Zeit eine sonnenbraune Hautfarbe kriegen zu können.

Wir stiegen in meinen Wagen. Die Straßen waren fast leer. Ich fuhr los.

»Alkohol ja, Zigaretten nein«, sagte ich, als wir meine Wohnung erreicht hatten. »Ist das klar?«

»Nur wenn du viel Alkohol im Haus hast«, brummte Solo, »dann verzichte ich auf die Zigaretten. Hast du?«

»Zwei oder drei Flaschen Wein. Und ein Fläschchen Grappa.«

»Okay. Das reicht gerade. Und was trinkst du?«

In meinen vier Wänden angekommen, öffnete ich die Fenster. »Mach's dir bequem.« Ich deutete aufs Ledersofa, in das sich Solo umgehend fallen ließ. »Ich hol den Wein aus dem Keller.«

Drei Minuten später hatte ich zwei Flaschen Rioja im Arm. Als ich den Wein in der Küche entkorkte, hörte ich Solos Stimme. Schnell schlich ich zur Wohnzimmertür und lauschte.

»Ich weiß, daß es spät ist. Sie holt gerade Wein aus dem Keller. Ja, das finde ich auch, aber ...«

Solo brach das Gespräch ab. Er ahnte wohl, daß ich hinter der Tür stand.

Ich trat ein. Er hatte den Hörer aufgelegt. »Mit wem hast du gerade telefoniert?« Meine Stimme war hart.

»Er hat seinen Namen nicht gesagt. Er wollte dich sprechen.«

»Du lügst«, behauptete ich. »Warum sollte mich jemand um diese Uhrzeit anrufen?«

»Woher soll ich das wissen? Ich habe keine Ahnung von den Telefongewohnheiten deiner Bekannten!« Solo verfuhr nach dem Motto, daß Angriff die beste Verteidigung ist. Er begann wieder zu husten. »Krieg ich nun mein Quantum Alkohol, oder nicht?«

»Sicher. Vielleicht lockert das deine Zunge! Ich hab das Gefühl, daß du mich in den letzten Wochen ordentlich belogen hast! Immer, wenn etwas passiert ist, tauchst du ab und kommst erst dann zurück, wenn die Story wieder heiß wird.«

»Du bist zu mißtrauisch«, meinte Solo und grinste schief. »Der Anruf eben war wirklich für dich. Ein Mann. Gute Stimme. Er schien von weit her anzurufen.«

Nik! fuhr es mir durch den Kopf. Er könnte es gewesen sein. Ich füllte zwei Gläser. Solo leerte seins mit zwei gierigen Zügen.

»Das ist guter, alter Rioja«, sagte ich, »eigentlich zu schade, um ihn so runter zu stürzen.«

Solo schloß die Augen und atmete tief durch. Er hatte wohl längere Zeit nichts mehr getrunken.

»Also, ich warte!«

»Worauf?« kam es entgeistert.

»Auf Erklärungen!«

»Wie du willst. Die Sache ist nicht so geheimnisvoll, wie du vielleicht glaubst.« Solo griff nach der Flasche und füllte sein Glas.

»Die Sache mit der Leiche habe ich dir ja schon erklärt. Die Wahrsagerin, die mir versprochen hat, daß ich Engelchen wiedersehe, wenn ich in einem toten Haus einen toten Mann finde. Daß es Tabibi sein würde, habe ich natürlich nicht geahnt.«

»Was hattest du mit Mamoud Tabibi zu besprechen? Ich habe dich einige Tage später im Teppichladen gesehen.«

»Ich kenne Mamoud«, erklärte Solo, ohne sich aus der Ruhe bringen zu lassen. »Immerhin sind wir beide Muslime. Er wollte mich sprechen, weil er aus den Polizeiberichten wußte, daß ich seinen Vater gefunden hatte. Er bot mir eine Menge Geld, wenn ich ihm helfe, den Mörder zu finden.«

»Mir hat er nur einen Teppich versprochen«, murmelte ich.

»Das liegt am Frauenbild des Islam«, grinste Solo. »Frauen als Jägerinnen sind dort nicht vorgesehen.«

»Klingt alles ganz plausibel«, sagte ich, ein wenig erleichtert. »Willst du jetzt einen doppelten Grappa? Zur Belohnung?«

»Her damit! Aber erst muß ich mal.«

»Das Bad ist gleich rechts.«

Solo trollte sich. Ich stand auf und ging zu seinem Koffer, der auf einem Stuhl stand. Seitlich war ein schmales Fach, das mit einem Reißverschluß versehen war. Mit fliegenden Fingern griff ich hinein und zog eine Brieftasche heraus. Personalausweis, Führerschein, Kreditkarte, Krankenversicherungsnachweis und der Internationale Presseausweis. Dazu ein paar Hundertmarkscheine. Nichts Außergewöhnliches also. Die Klospülung rauschte. Als Solo das Zimmer betrat, saß ich wieder auf dem Sofa – mit unschuldigem Gesicht und leicht beschämter Seele. In seinem Jackett steckte das schwarze Etui mit der Spritze und den Ampullen.

»Seit wann bist du Diabetiker?«

Solo schaute mich irritiert an. Ich deutete auf seine Jackentasche, aus der das Ende des kleinen Behälters herausschaute.

»Schon viele Jahre«, gab er zur Antwort.

»Tut mir leid.«

Solo kippte den Grappa hinunter, als sei er Wasser. Ich leerte derweil das dritte Glas Rioja. Mein Magen meldete sich mit einem ausgewachsenen Knurren.

»Ich mach uns ein paar Krisenschnittchen«, kündigte ich an.

In der Küche hörte ich, daß mein später Gast eine CD in den Player gelegt hatte. Es war ein Violinkonzert von Beethoven. Merkwürdig, daß er sich ausgerechnet Geigenmusik ausgesucht hatte. Vermutlich hat Leon die CD direkt neben dem Gerät liegen gelassen, erklärte ich mir den Zufall.

Ich butterte einige Stücke Baguette, belegte sie mit Gorgonzola und Coppa. Schnell noch ein paar reife Tomaten geviertelt, ein paar Tropfen Olivenöl und Weinessig darübergeträufelt. Irgendwo mußten noch schwarze Oliven und eingelegte Knoblauchzehen sein. Ich fand sie im hinteren Teil des Kühlschranks. Übermüdet und zugleich aufgekratzt summte ich das Thema des ersten Satzes mit. Ich dachte an Jansen, der inzwischen sicherlich im Ehebett schnarchte. Der Tag würde wieder sehr hektisch werden. Ich stellte die Essereien auf ein Tablett und schlurfte Richtung Wohnzimmer. Der erste Satz des Violinkonzertes war vorbei, der zweite begann.

Ich drückte die Tür auf. Solo lag entspannt auf dem Sofa, hatte die Augen geschlossen. Die Flasche Grappa war halbleer.

»Es gibt Futter«, flüsterte ich und rüttelte leicht seinen Arm. Solo öffnete die Augen, die keinen klaren Blick mehr hatten.

Ich sah seine Pupillen, die durch die spärliche Beleuchtung im Raum weit geöffnet und tiefdunkel waren – und erstarrte.

»Was ist los?« Er hatte bemerkt, daß ich völlig verkrampft war.

»Die Musik«, sagte ich leise. »Hörst du nicht?«

Solo hob den Kopf und lauschte. »Ja, und?«

»Erkennst du es nicht?« Ich war außer mir. »Es ist dieselbe Melodie, die wir hörten, als Kossmann getötet wurde!«

»Ich hab kein Gedächtnis für Töne«, entgegnete er.

Ich drehte den Player lauter. Es war der zweite Satz des Beethoven-Violinkonzertes D-dur, Opus 61 mit dem Titel *Larghetto*. Eine zärtliche, wunderschön melodische Musik, die völlige Entspannung und Gelöstheit ausdrückte.

Solo war zu seinem Koffer getorkelt und suchte den Mittschnitt unserer nächtlichen Abhöraktion heraus. Es dauerte nicht lange, bis er die Stelle fand. Kossmanns immer leiser werdendes Röcheln, im Hintergrund die Violine. Nein, ich hatte mich nicht getäuscht.

»Das ist ein Ding!« entfuhr es Solo. »Ich hab die CD genommen, weil sie direkt neben dem Player lag. Sowas! Ist das Zufall oder eine Fügung?«

»Ich kann's erklären«, sagte ich. »Leon Pirelli hat sie immer abgespielt. Als er noch Gast bei mir war.«

»Dann war er es doch ...?«

»... der Kossmann ermordet und die vier Millionen hat? Ach, Solo! Ich weiß überhaupt nichts mehr. Die Sache übersteigt im Moment mein Begriffsvermögen. Laß uns die Schnittchen verputzen und dann endlich schlafen gehen. Du kannst das Gästebett nebenan nehmen.«

Wortlos mümmelten wir die Brote. Solo leerte den Rest Grappa aus der Flasche. In einem Zug, ohne abzusetzen.

»Du kannst vielleicht saufen«, meinte ich. »Kotz bloß nicht das Zimmer voll. Und wehe, du rauchst im Bett! Ich möchte nicht, daß meine Wohnung abgefackelt wird.«

»Ich rauche nie im Bett. Ich hab zu oft Leute fotografiert, die das getan haben. Kein appetitlicher Anblick. Außerdem sind meine Zigaretten alle. Du hast bestimmt keine im Haus, stimmt's?«

»Darauf kannst du einen lassen«, nuschelte ich.

Wer suchet, findet auch

Es war gegen halb neun, als ich mit schwerem Kopf aufwachte. Je älter ich wurde, um so weniger Alkohol vertrug ich. Vorbei waren die goldenen Jahre der Jugend. Bei der Menge, die Solo getrunken hatte, würde ich vermutlich einen Toten in meinem Gästebett finden.

Ich stolperte nach nebenan – das Bett war leer. Er hatte sich also mal wieder aus dem Staub gemacht. Ich wollte mich gerade noch ein Viertelstündchen in Morpheus' Arme begeben, als es Sturm klingelte. Wie in Trance tapste ich zur Tür und öffnete. Oberstaatsanwalt Dr. Hasso Klima und Hauptkommissar Anton Brinkhoff gaben sich die Ehre, flankiert von zwei Polizeigrünen.

»Was 'n jetzt los?« Ganz wach war ich noch nicht.

»Sind Sie Maria Grappa, Journalistin?« fragte Klima.

»Nein. Ich bin Claudia Schiffer«, behauptete ich. »Was soll der Scheiß?«

»Unser Besuch ist offiziell«, meinte Brinkhoff. Er schaute an mir herunter und konnte sich ein Grinsen nicht verkneifen. Meine Nachtkleidung war immer etwas unkonventionell. Ich trug meine alten T-Shirts und Leggings im Bett auf – natürlich nur, wenn ich ohne Mann nächtigte.

»Können wir reinkommen?« Brinkhoff war freundlich – wie fast immer.

»Was macht denn dieser Mann hier?« Unwirsch deutete ich mit dem Kinn auf den Oberstaatsanwalt. »Ich dachte, er ist aus dem Geschäft raus.«

Brinkhoff wollte antworten, doch Klima kam ihm zuvor. »Ich habe hier einen Durchsuchungsbefehl«, triumphierte er und wuselte mit einem Stück Papier vor meinem Gesicht herum. Sein breites Glatzengesicht zierte ein breites, gemeines Lächeln.

»Ach ja?« Ich bemühte mich, cool zu bleiben. Blitzschnell überlegte ich, was die wohl suchen würden, und kam zu dem Schluß, daß meine Wohnung sauber sein dürfte. Gut, daß Solo das Weite gesucht hat, dachte ich. Ich griff nach dem Papier und überflog es. Auf ihm wurde mir vorgeworfen, eine kriminelle Vereinigung zu unterstützen und Beweise zu unterschlagen.

»Dann fangen Sie mal an«, sagte ich und drehte mich um.

»Wo wollen Sie hin?« fragte Klima.

»Ins Bad. Ich will duschen.«

»Dann untersuchen Sie bitte das Badezimmer als erstes«, wies Klima die Polizisten an. »Damit während des Duschvorgangs keine wichtigen Beweise verschwinden.«

»Sie sind ein ziemliches Arschloch«, entgegnete ich freundlich.

»Diese Äußerung bringt Ihnen eine Beleidigungsklage ein«, schnarrte Klima.

»Das ist mir die Sache wert.«

»Frau Grappa«, mischte sich Brinkhoff ein, »wir tun doch nur unsere Pflicht. Bleiben Sie ruhig. In zwanzig Minuten sind wir wieder weg.«

»Dann halten Sie diesen Schäferhund an der kurzen Leine!« Ich zeigte mit dem Finger auf Hasso.

»Schreien Sie doch nicht so«, bat Brinkhoff.

»In meiner Wohnung schreie ich, wann immer es mir paßt«, brüllte ich. Ich haßte es, wenn jemand meine Aggressionsschübe bremsen wollte. »Was suchen Sie eigentlich bei mir?«

»Wir wissen, daß Leon Pirelli eine Zeitlang bei Ihnen logiert hat«, spielte sich Klima auf. »Er steht in dringendem Verdacht, die Stadt um vier Millionen Mark erpreßt und mindestens einen Menschen ermordet zu haben.«

»Das ist ja völlig neu! Sie sind ein richtiger Schnellmerker! Und jetzt suchen Sie die vier Millionen in meiner Wohnung?«

»So ist es.«

Mir war zum Lachen. Wenn's weiter nichts ist, dachte ich, die können suchen, bis sie schwarz werden.

Die beiden Grünen kamen aus meinem Badezimmer, einer von ihnen schüttelte den Kopf.

»Darf ich jetzt meine Dusche benutzen?« Ich ließ Klima und Brinkhoff stehen und verschwand im Bad. Als das warme Wasser über mich lief, begann ich mich zu entspannen. Solo war der Schlüssel zu allem, dachte ich. Er allein hat den Überblick, zieht die Fäden, bestimmt die Szenen, kennt die Abläufe und weiß die Ergebnisse im voraus. Verdammter Solo. Er hatte mich von Anfang an benutzt und in seine Intrigen und Verbrechen eingebaut wie eine Marionette, die er an unsichtbaren Fäden hin und her bewegen konnte. Er kannte mein Beuteschema, das nur die Farben Schwarz oder Weiß kannte, das nicht differenziert, sondern simpel war. Zu simpel für die Auflösung dieses komplizierten Lügengebäudes.

Leon ein Mörder, Solo sein Helfer und Grappa die Reingelegte? Ich wußte nicht, wer bei dieser Sache mein Gegner war. Noch nie hatte bei einer Geschichte so viel nicht zusammengepaßt.

Noch immer prasselte das Wasser von oben auf mich. Konnten Solo und Leon die Sache gemeinsam ausgeheckt haben? Gab es die Straßenmalerin, die *Die Fantastischen Fünf* gezeichnet hatte, überhaupt? Außer Leons Aussage und der blutbefleckten Frauenkleidung hatte ich keine wirklichen Hinweise auf ihre Existenz. Wenn Leon von Anfang an gelogen hatte, gab es auch keine vier Männer, die die Leiche von Ali Tabibi in den Trümmern abgelegt hatten. Und Solo? Jansen und ich hatten ihm in der vergangenen Nacht ein erstklassiges Alibi geliefert, als wir zu dritt die Geldübergabe belauscht hatten.

In meinem Kopf schwirrten Hunderte von Fragen herum. Ich stellte das Wasser aus, trocknete mich ab, zog den Saunamantel über, kämmte die Haare durch und trat hinaus. Meine Besucher hatten gerade die Küche in Arbeit.

»Wer war gestern abend bei Ihnen?« fragte Klima. Er deutete auf die ungespülten Weingläser und die Teller mit den Krümeln.

»Ein guter Freund«, antwortete ich.

»Hat der auch einen Namen?« Der Oberstaatsanwalt wurde schon wieder unfreundlich.

»Nein.«

»Ich werde Sie vorladen lassen«, kündigte er an. »Also – wer war's? Etwa Leon Pirelli?« Klima stand unter Druck und wollte sein Mütchen an mir kühlen.

»Versuchen Sie's erst gar nicht«, sagte ich ruhig. »Ich bin nicht verpflichtet, Ihnen irgendeine Auskunft zu geben. Immerhin werde ich bei Ihnen als Beschuldigte geführt. Als Journalistin steht mir außerdem ein Zeugnisverweigerungsrecht zu. Also kommen Sie mir nicht so!«

Ich drückte ihn zur Seite, um an die Kaffeemaschine zu gelangen. »Will einer der Herren ein Täßchen Kaffee?«

Klima drehte sich um und folgte den beiden Beamten ins Wohnzimmer.

»Klima hat schon lange keinen Erfolg mehr vorweisen können«, versuchte Hauptkommissar Brinkhoff zu erklären. »Er greift nach jedem Strohhalm.«

»Sehe ich aus wie ein Strohhalm?«

»Nicht direkt«, grinste er. »Sie sollten trotzdem etwas Mitleid mit dem armen Oberstaatsanwalt haben.«

»Ach ja? Haben Sie welches?«

»Gefühle kann ich mir in meinem Job nicht leisten«, wich Brinkhoff aus.

Der Kaffee war durchgelaufen.

»Ich habe die Sache gestern nacht live miterlebt«, erzählte ich. »Es war schrecklich, Kossmanns Röcheln zu hören – begleitet von Violinmusik. Mir liefen kalte Schauer den Rücken hinunter.«

»Wir wissen, daß Sie und Ihr Kollege alles gehört haben. Herr Klima hat bereits mit Herrn Jansen gesprochen. Wir wissen nur noch nicht, wer Ihnen die Frequenz verraten hat, auf der der Funkverkehr ablief.«

»Informantenschutz«, sagte ich. Gut, daß Peter Jansen auch nichts verraten hatte.

»Ich wußte, daß Sie das sagen würden. Es ist möglich, daß Klima Sie in Beugehaft nehmen lassen will, bis Sie Ihre Quelle nennen!«

»Den Richter möchte ich sehen, der diesen Haftbefehl unterschreibt!« Ich sah mich schon in einer vergitterten Zelle schmoren – sozusagen als fleischgewordenes Symbol der Pressefreiheit. Die Rolle gefiel mir nicht schlecht.

»Nichts«, hörte ich die Stimme eines der Polizisten. Die Durchsuchung schien beendet zu sein. Mit dem Kaffeebecher in der Hand trat ich auf den Flur.

Die Enttäuschung stand dem Oberstaatsanwalt ins Gesicht geschrieben. »Diesmal sind Sie noch davon gekommen«, frustete er.

»Ich weiß nicht, warum Sie mich so behandeln«, klagte ich. »Ich will doch auch nur, daß die Erpresser und Mörder gefaßt werden. Welchen Grund sollte ich haben, Informationen zu unterschlagen, die der Klärung der Fälle nützlich sein könnten?«

»Journalisten tun viel, um eine Exklusivgeschichte zu bekommen«, behauptete Klima. »Und es macht sich immer gut, wenn die Ermittlungsbehörden als die letzten Idioten dargestellt werden.«

»Sie tun mir wirklich leid«, log ich und faßte ihn freundschaftlich am Arm. Der Geruch von mittelaltem Schweiß zog in meine Nase. Die Nacht war für ihn lang gewesen und nicht von Erfolgen gekrönt.

»Wie wär's jetzt mit einem starken Kaffee?«

»Gern.« Meine plötzliche Freundlichkeit verunsicherte den Glatzkopf.

»Sie können gehen«, sagte er zu Brinkhoff und den beiden Grünen. »Ich habe mit Frau Grappa noch zu reden.«

Brinkhoff schaute etwas überrascht, doch die drei trollten sich.

»Setzen Sie sich ins Wohnzimmer«, schlug ich Klima vor. »Ich will mir nur was überziehen. Danach können Sie Ihre Fragen stellen.«

Im Schlafzimmer warf ich mich in Jeans und T-Shirt. Die roten Haare im Bad mit ein bißchen Gel ins Form gebracht, ein wenig Rouge auf Wangen und Lippen.

Klima schlürfte Kaffee, als ich ins Zimmer trat. Er hatte den obersten Hemdenknopf gelöst und die Krawatte gelokkert.

»War wohl eine anstrengende Nacht für Sie«, meinte ich voller Mitgefühl.

»Das kann man wohl sagen«, stöhnte er.

»Das ›Arschloch‹ eben war nicht so gemeint«, behauptete ich. »Manchmal geht mein Temperament mit mir durch.«

»Warum nur haben Sie kein Vertrauen zu mir?« beklagte sich Klima.

»Das hat nichts mit Vertrauen zu tun«, wich ich aus. Ich dachte daran, daß er bestritten hatte, Kossmann und May näher zu kennen – obwohl er mit ihnen gemeinsam im Vorstand des *Sunshine-Clubs* saß. Und er sprach von Vertrauen!

»Sie müssen das verstehen«, fuhr ich fort. »Journalisten haben eine andere Aufgabe als Ermittler wie Sie, die im Auftrag des Staates tätig sind. Wir wollen informieren, aufdecken und unterhalten.«

»Ein schwieriger Job«, gab Klima zu. Er hatte sich völlig entspannt. »Schade, daß wir uns nicht unter anderen Bedingungen kennengelernt haben!«

»Ach ja?« murmelte ich. »Noch Kaffee? Oder etwas Alkoholisches?«

Klima reagierte nicht auf mein Angebot. »Ich wußte gar nicht, daß Sie sich für Aquaristik interessieren.« Er hatte das Büchlein über Korallenfische der Südsee in der Hand, das ich nach oberflächlicher Lektüre in irgendeine Ecke befördert hatte.

»Sie etwa auch?« heuchelte ich Erstaunen.

»Ich habe in meiner Wohnung ein riesiges Aquarium«, erzählte er stolz. »Feuerfische sind meine Spezialität. Welche Spezies mögen Sie besonders?«

Hummer, dachte ich, mit Senfdill-Sauce oder Knoblauchsahne.

»Ich habe mich noch nicht entschieden«, sagte ich. »Zebrafische sehen ganz niedlich aus. Wegen der Streifen.« Die Art war die einzige, die ich noch in Erinnerung hatte.

»Zebrafische sind aber ziemlich bissig und streitsüchtig«, erklärte Klima und sah mich vielsagend an.

»Vielleicht mag ich sie deshalb so«, gab ich zurück.

Das Telefon klingelte. Ich wollte zum Hörer greifen, doch Klima riß meinen Arm zurück. »Sie erlauben?«

»Hallo«, sagte der Oberstaatsanwalt. »Nein, sie ist gerade unter der Dusche. Wer sind Sie? Kann ich etwas ausrichten?«

Pause. »Sagen Sie doch bitte Ihren Namen«, forderte Klima. »Frau Grappa kann jetzt nicht kommen, sie ist im Bad.«

»Lassen Sie mich mal«, sagte ich und nahm ihm den Telefonhörer ab. »Hallo?!«

»Grappa«, ertönte Niks Stimme. »Ich dachte, ich mache dir eine Freude, wenn ich dich wecke. Du tobst dich jetzt wohl richtig aus, was? Wer ist denn diesmal dran?«

»Hallo, Schatz«, sagte ich. Klima spitzte die Ohren. »Ich hatte gerade eine kleine Hausdurchsuchung. Der Mann, mit dem du eben gesprochen hast, ist der Oberstaatsanwalt. Aber sie haben nichts bei mir ...«

Klima entriß mir den Hörer und schrie in die Muschel: »Herr Pirelli! Ich weiß, daß Sie es sind! Stellen Sie sich den Behörden – mehr kann ich Ihnen nicht raten! Hallo! Melden Sie sich!«

Nik hatte das Gespräch beendet.

»Das war nicht Pirelli«, sagte ich mild. »Das war Nik, mein Freund.«

»Sie können mir viel erzählen.« Klima war wütend und frustriert.

»Glauben Sie, was Sie wollen.« Ich gab es auf, ihn von meiner Unschuld überzeugen zu wollen. »Noch einen Kaffee?«

Klima nickte.

»Sie sind Mitglied im *Sunshine-Club*«, kam ich zum Thema. »Was ist das für ein Verein?«

»Wir wollen etwas Sonne ins Leben benachteiligter Menschen bringen«, erklärte er ernst. »Der Zweck des Clubs ist entschieden sozial. Warum fragen Sie?«

»Ich denke noch immer an die Zeichnungen. Fünf Männer, von denen zwei tot sind. Ermordet. Liegt die Frage da nicht nahe, was die fünf miteinander verbindet?«

»Sie glauben, daß die Verbindung mit dem *Sunshine-Club* zu tun hat?« Klimas Miene spiegelte ehrliche Verblüffung.

»Immerhin sind Sie, Kossmann und Thilo May Mitglieder dieses Vereins.«

»Das stimmt. Ich kenne aber weder May noch Kossmann näher. Der Verein hat über dreihundert Mitglieder, tagt nur zweimal im Jahr, um zu entscheiden, welche sozialen Zwecke unterstützt werden. Tabibi und Mustafa Rotberg haben mit dem Club außerdem nichts zu tun – Ihre These ist somit hinfällig.«

»Sie haben recht«, sagte ich niedergeschlagen. »Wahrscheinlich eine falsche Spur. Alle Spuren sind falsch. Ich weiß auch nicht mehr weiter.«

»Dann geht es Ihnen genauso wie mir«, gestand er ein. »Was ist Leon Pirelli eigentlich für ein Mensch?«

»Er ist harmlos«, sagte ich. »Er hatte Angst, daß die Mörder des Iraners ihn auch umbringen würden. Weil er Augenzeuge war, wie die Leiche ins Trümmerfeld geschafft wurde.«

»Und? Glauben Sie ihm?«

»Damals tat ich es. Er ist ein sympathischer junger Mann. Heute würde ich ihm natürlich die Tür vor der Nase zuschlagen – immerhin könnte er ein Mörder sein.«

»Ich muß jetzt gehen«, sagte Klima und stand auf. »Tut mir leid, daß meine Leute ein bißchen Unordnung gemacht haben.«

Ich sah auf den Wohnzimmertisch, auf dem sich Papiere und Ordner tummelten.

»Macht nichts. Ich mußte sowieso aufräumen.«

»Rufen Sie mich bitte an, falls sich Pirelli bei Ihnen meldet«, meinte Klima. Er war völlig übermüdet und konnte kaum noch klar artikulieren.

»Das tut er bestimmt nicht«, prophezeite ich.

Wieder allein, sah ich mir die Bescherung an. Die Beamten hatten nicht nur meine Papiere durcheinandergebracht, sondern auch meinen Kleiderschrank ausgeräumt. Es würde ein paar Stunden dauern, bis ich die Spuren der Hausdurchsuchung beseitigt haben würde.

Jetzt nicht, beschloß ich. In der Küche schlug ich zwei Eier in die Pfanne – mir war nach einem kräftigen Frühstück. Leichte Alkoholkopfschmerzen pochten an meine Schläfen. Ich ging Richtung Bad, um Aspirin zu suchen, mußte durch den Flur, und da sah ich ihn: Ein brauner Brustbeutel aus feinem Leder lag auf der Hutablage. Ich griff danach. Er war ziemlich abgewetzt, an den Rändern erkannte ich Schweißspuren. Leon oder Solo mußte ihn bei mir vergessen haben, dachte ich, und die Bullen haben das Teil durch ihre Sucherei zu Tage gefördert.

Instinktiv ahnte ich, daß die kleine braune Tasche mich ein gutes Stück weiter bringen würde. Ich lief aus dem dunklen Flur in die Küche. Mit zitternden Händen öffnete ich zunächst den Druckknopf, dann den Reißverschluß. Im Inneren ertastete ich eine Plastikhülle, zog sie behutsam heraus. Ich hielt ein Foto in der Hand, das drei Jugendliche zeigte. Ein blondes, zartes Mädchen saß zwischen zwei Jungen auf einem Jägerzaun. Das Bild war wohl im Frühling aufgenommen worden – im Hintergrund blühte ein alter Kirschbaum. Das Mädchen trug eine rote Hose und eine weiße Bluse, ihre Hände hatte sie auf die Schultern der beiden jungen Männer gelegt. Alle drei lächelten selbstbewußt in die Kamera – als könne ihnen nichts auf dieser Welt irgend etwas anhaben. Der ältere der beiden jungen Männer – ich schätzte ihn auf knapp über Zwanzig – hatte den dunkelhaarigen Kopf ein wenig zu dem Mädchen gewandt, mit dem linken Arm hatte er die Taille der Kleinen umfaßt.

Der zweite Junge – vielleicht sechzehn Jahre alt – hatte ebenfalls dunkles Haar, es war lockig und dicht. Er trug eine kurze Hose und hatte ein paar Schrammen auf den Knien. Obwohl sein Mund lächelte, strahlten die großen Augen Verlorenheit aus.

Das Foto zeigte Leon Pirelli und Mustafa Rotberg. Und das Mädchen zwischen ihnen war bestimmt Lena Pirelli. Ich drehte das Foto um und las: *Mai 1980.*

Ausflug in die Vergangenheit

In meinem Hirn ging es drunter und drüber. Der Schlüssel zu dem Fall lag fast zwanzig Jahre zurück – da war ich mir nun sicher. Schade, daß ich nicht wußte, wem der Brustbeutel mit dem Foto gehörte – Solo oder Leon. Vielleicht war's auch egal.

Meine neue Entdeckung machte mich so kribbelig, daß ich mich in der Redaktion nur mühsam auf meinen Artikel konzentrieren konnte.

»Was ist los mit dir? Du bist so unnatürlich ruhig!« Jansen hatte etwas bemerkt.

»Die Nacht war zu kurz«, brummte ich. »Und ich habe einen leichten Brummschädel. Zu viel Wein, zu wenig

Schlaf. Beides ist Gift für Frauen über Vierzig. Und dann noch diese Hausdurchsuchung!«

»Du siehst wirklich ziemlich käsig aus, Grappa. Mach bitte erst schlapp, wenn der Artikel im Kasten ist.« Jansens Mitgefühl rührte mich.

»Aye, aye, Sir«, murmelte ich abwesend. Als Jansen mein Zimmer verlassen hatte, wählte ich Solos Nummer. Niemand hob ab. Er schien mal wieder verschwunden zu sein.

Wenigstens Hauptkommissar Brinkhoff war erreichbar. »Haben Sie ein bißchen Zeit für mich?« säuselte ich durchs Telefon.

»Kommt drauf an«, meinte er.

»Ich brauche Ihren Rat. Ich habe einen Gedanken im Kopf, der einfach nicht mehr weg will. Können wir uns heute nachmittag sehen? In Ihrem Büro?«

»Lieber nicht. Die Pressestelle sieht das nicht so gern, wenn sie bei Medienkontakten übergangen wird. Wie wär's mit einem Spaziergang im Rombergpark? Um 16 Uhr?«

Ich stimmte zu und schloß die neue Schublade in meinem Gehirn erst mal ab. Der Artikel brauchte meine volle Konzentration.

Schreckliches Ende einer Erpressung: Ratsmitglied tot – Vier Millionen verschwunden – titelte ich.

Bierstadt im Würgegriff unbekannter Mörder und Erpresser: In der vergangenen Nacht wurde eine der spektakulärsten Straftaten in der Geschichte unserer Stadt verübt. Nachdem eine Erpressergruppe, die sich selbst ›Die Fantastischen Fünf‹ nennt, mit Terroranschlägen gedroht hat und so vier Millionen Mark erpressen wollte, sollte es endlich zur Geldübergabe kommen. Die Erpresser forderten, daß Ratsmitglied James Kossmann (51) die Millionen überbrachte – ausgestattet mit einem Sender, der sowohl von der Polizei als auch den Tätern abgehört werden konnte.

Durch einen Zufall gelang es unserer Zeitung, den Funkverkehr zu verfolgen.

In den weiteren hundertzwanzig Zeilen schilderte ich die einzelnen Stationen der Geldübergabe. Die letzten Sätze des Artikels lauteten: *James Kossmann wird mit einer Plastiktüte erstickt. Während er stirbt, spielt der Mörder Violinmusik von Beethoven.*

»Ziemlich theatralisch«, meinte Jansen nach der Lektüre. »Aber die Leute mögen es eben, wenn das Grauen blumig geschildert wird.«

»Kann ich heute früher gehen?« fragte ich. Mir ging das Foto nicht mehr aus dem Kopf. Ich mußte Solo finden, würde an seiner Wohnung vorbeifahren, seine Stammkneipe besuchen und noch einiges mehr. Engelchen war wirklich aufgetaucht, Solos unvergessene Jugendliebe, inklusive Bruder. Die Vergangenheit war der Schlüssel zu Mord und Erpressung.

»Hörst du mir überhaupt zu?« hörte ich Jansen aus weiter Ferne fragen.

»Hast du was gesagt?« Ich war verdattert.

»Du hast gefragt, ob du früher gehen kannst, und ich habe ja gesagt. Was ist bloß los mit dir? Das muß ja gestern eine besonders harte Nacht gewesen sein!«

»Ach, Peter«, seufzte ich. »Ich bin völlig verwirrt. Ich glaube, ich habe den Schüssel zu allem gefunden. Hier, guck dir mal dieses Foto an!«

Er tat es und fragte verständnislos: »Und?«

»Der junge Mann links ist Solo, der rechte ist Leon Pirelli. Das hübsche Kind in der Mitte heißt vermutlich Lena Pirelli.«

»Unser Solo? Zusammen mit der Straßenmalerin und dem Geigenspieler? Interessant. Aber ... was hat das mit unserem Fall zu tun?«

»Die drei stecken unter einer Decke«, behauptete ich. »Die Polizei fahndet zwar nach den Geschwistern – doch der Kopf der Bande könnte Solo sein. Er hat Tabibis Leiche gefunden, hat mich mit dem Straßenmaler zusammengebracht, und er hat dafür gesorgt, daß wir vergangene Nacht live bei der Geldübergabe dabei sein konnten.«

»Kossmann kann er aber nicht auf dem Gewissen haben.«

»Stimmt. Das war ein anderer. Wahrscheinlich Leon. Durch uns hat Solo ein prima Alibi – für alle Fälle.«

Jansen pfiff durch die Zähne. »Hört sich gut an, Grappa«, meinte er. »Doch wo liegen die Motive? Bei der Erpressung dürfte Geldgier im Spiel sein, doch warum mußten Tabibi und Kossmann den Löffel abgeben?«

»Das weiß ich leider auch noch nicht«, gab ich zu. »Ich muß herausbekommen, was die drei auf dem Foto die letzten zwanzig Jahre gemacht haben. Irgendwas ist geschehen – es hat Leon, Lena und Solo zunächst getrennt und dann wieder zusammengebracht. Und dieses Wiedersehen dreier Kinder hat einigen Menschen den Tod gebracht.«

Im Reich der Fische

Das Treffen mit Hauptkommissar Anton Brinkhoff fand nicht statt, denn Oberstaatsanwalt Dr. Hasso Klima wurde tot in seiner Wohnung gefunden. Jansen warf den Bericht vom Jubiläumskonzert des Universitätschores aus dem Blatt. Ich trieb mich derweil vor der Wohnung des Opfers herum – zusammen mit der verehrten Kollegenschaft von Zeitung, Rundfunk und Fernsehen.

Ins Haus kamen wir nicht hinein, zwei Grüne hatten sich neben den Eingang postiert. Klima wohnte in der dritten Etage eines Appartementhauses in der Bierstädter City, in dem Gebäude direkt gegenüber hatten sich Fotografen und Kamerateams eingenistet – bei einer freundlichen alten Dame, die die Plätze an den drei zu Klimas Haus gelegenen Fenstern für einen Stundenpreis von 200 Mark vermietete. Unser Knipser war auch dabei.

Hauptkommissar Brinkhoff leitete die Untersuchung. Eine Pressekonferenz war für 17 Uhr im Polizeipräsidium anberaumt. Somit hieß es warten.

Ich lungerte also vor dem Haus herum, dachte an dieses und jenes, an den Sinn des Lebens, die Grausamkeit des Todes und stellte mir schließlich die Frage, ob ich es mir gestatten könnte, in dem hundert Meter entfernten Café zwei Mandelhörnchen käuflich zu erwerben und zu verputzen.

Ich hatte mich noch nicht entschieden, als die Haustür geöffnet wurde. Zwei Männer schafften einen Behelfssarg in den Polizeikombi. Vor wenigen Stunden hatte ich mit Klima noch über Feuerfische geplaudert. Die Fotografen knipsten, die Kameraleute, die auf der Straße geblieben waren, stritten sich um die beste Position für einen gefälligen Bildausschnitt. Da war Brinkhoff.

Ich sprintete zu ihm. »Wie ist es passiert?«

»Warten Sie auf die Pressekonferenz«, bat er.

»Brinkhoff! Nun machen Sie schon! Ich kann sowieso erst morgen früh berichten. War es Mord?«

»Vielleicht ein Unfall. Klima ist von einem giftigen Fisch getötet worden, der in einem Becken in seinem Wohnzimmer herumschwamm. Das zumindest glaubt der Polizeiarzt. Näheres nach der Obduktion und gleich auf der PK.«

Ich war so verblüfft, daß ich vergaß, noch eine Frage zu stellen. Brinkhoff nutzte die Chance zu einer schnellen Flucht.

Ich kaufte zwei Mandelhörnchen und machte mich auf den Weg zu meinem Auto, das ich in einer Nebenstraße geparkt hatte. Leider vor einer Ausfahrt, ein wütender Lastwagenfahrer klagte vorbeilaufenden Passanten sein Leid. Ich schlich mich unauffällig heran, schloß die Fahrertür auf und verriegelte die Tür von innen. Gerade noch rechtzeitig, denn der erboste Mann stürzte zu mir und wollte die Fahrertür öffnen. Ich winkte ihm freundlich zu und startete so rasant, daß die Stoßdämpfer knackten. Im Rückspiegel sah ich Drohgebärden und hörte unschöne Worte über dämliche Weiber am Steuer.

Jetzt waren von den *Fantastischen Fünf* nur noch zwei übrig, fiel mir ein. Flughafenchef Thilo May und Solo. Mir war klar, daß auch May in Gefahr sein mußte – falls meine Theorie stimmte, daß *Die Fantastischen Fünf* keine Täter, sondern Opfer waren. Nur um Solo mußte ich mir keine Sorgen machen.

»Ein giftiger Fisch?« fragte Jansen ungläubig, als ich die Redaktion erreicht hatte. »Hat er in einem japanischen Restaurant gegessen?«

»Klimas Hobby waren Feuerfische. Er war begeisterter Aquarianer. Wir redeten heute früh noch über seine Passion.«

Andächtig mümmelte ich ein Mandelhörnchen und spülte mit starkem Kaffee nach. Die Uhr sagte mir, daß es nur noch eine halbe Stunde bis zur Pressekonferenz war.

»Ich muß los!« Ich wischte die Krümel von der Jeans. »Halt mir 100 Zeilen auf der Eins frei. Zwei Tote innerhalb von 24 Stunden. Eigentlich ein bißchen viel für Bierstädter Verhältnisse.«

90 Kilo ohne Schuhe

»Die Wunde am Arm des Opfers war etwa fünfzehn bis zwanzig Zentimeter lang«, erklärte der Staatsanwalt. »Die Wundränder waren stark verfärbt, das Gewebe teilweise durch eine giftige Substanz bereits abgestorben.« Sein Ton war neutral, was mich wunderte. Immerhin sprach er von seinem Kollegen, mit dem er vor einigen Stunden vielleicht noch in der Gerichtskantine gesessen hatte. Wahrscheinlich hielt er seine Haltung für wahnsinnig professionell.

»Welches Gift? Welcher Fisch?« fragte der Kollege vom Boulevard-Blatt.

»Wir müssen die Ergebnisse der Obduktion abwarten«, war die Antwort. »In der Wohnung des Opfers befindet sich ein großes Meerwasserquarium. Wir vermuten – ich sage ausdrücklich ›vermuten‹ –, daß Dr. Klima seine Fische füttern wollte und dabei von einem Stachelrochen angefallen wurde. Ein solches Tier befindet sich in dem Bassin.«

»Das ist ja lächerlich«, rief ich aus. »Ein Rochen kann doch keinen ausgewachsenen Mann ins Jenseits befördern. Außerdem ist das Gift nicht tödlich, das diese Tiere spritzen.« Ich hatte doch etwas durch die Lektüre des Fisch-Buches gelernt.

Im Sitzungszimmer wurde es unruhig. Ein von einem platten Fisch gekillter Staatsanwalt war selbst den Hartgesottensten der Blut-und-Sperma-Presse noch nicht untergekommen.

»Der Stachel dieses Fisches ist auf beiden Seiten mit sägezahnartigen Widerhaken versehen – deshalb die Größe der Wunde. Das Schaftgewebe des Giftapparates befindet sich noch in der Wunde. Es war ein leichter Ammoniakgeruch festzustellen – nach Expertenaussagen riecht das Gift des Fisches nach dieser Substanz. Nach ersten Ermittlungen hat

Klima noch versucht, die Wunde zu säubern, muß dann aber an einem Kollaps oder Herzinfarkt gestorben sein. Auch hier muß ich Sie darauf hinweisen, daß es genaue Klarheit erst nach der Obduktion gibt.«

»Also ein Unfall?« fragte jemand.

»Wir gehen zur Zeit davon aus.«

»Könnte Klimas Ableben in Zusammenhang mit seinen Ermittlungen im Fall der *Fantastischen Fünf* stehen?« Ich rechnete nicht damit, daß ich auf meine Frage eine positive Antwort bekam.

»Uns liegen keinerlei Erkenntnisse dieser Art vor.«

Der Bursche wird immer einsilbiger, dachte ich, Zeit zu gehen.

»Komische Geschichte«, meinte ein Kollege von der örtlichen Konkurrenz auf dem Weg zum Lift. »Was hältst du von der Sache?«

»Das war kein Unfall«, behauptete ich. »Klima hat ohne Schuhe mindestens 90 Kilo gewogen, den haut kein Fisch einfach so um. Die Chose stinkt – und zwar gewaltig.«

»Könnte vielleicht sein«, stimmte der Kollege zu. »Aber ich warte doch lieber das Obduktionsergebnis ab, bevor ich vage Behauptungen aufstelle. Deine blühende Phantasie geht mir bedauerlicherweise ab.«

»Das tut mir leid für dich«, sagte ich. »Dein Leben muß ganz schön freudlos sein und dein Job stinklangweilig.«

Die Frauenstimme

Die Zeilen über Klimas Tod waren schnell geschrieben. Ich erging mich nicht in Spekulationen, sondern schilderte sachlich, welche Fakten auf der Pressekonferenz bekanntgegeben worden waren. Die superheiße Story würde folgen – wenn ich mir Solo gegriffen hatte.

Was wußte ich eigentlich über den Fotografen? Er rauchte, soff, aß unregelmäßig, war Diabetiker, hustete auf der siebten Sohle, war ein guter Fotograf und hing einer alten Jugendliebe nach. Warum war er nur so verdammt sentimental?

Solo – er hatte in manchen gefährlichen Situationen Mut und Professionalität bewiesen – ob es nun der Golfkrieg, ein Palästinenseraufstand oder der Bürgerkrieg in Bosnien gewesen war. Er war als erster nach Tschernobyl gereist, hatte dubiose Organspendeorganisationen ausgehebelt und manchem Mafioso die Geldwäsche versaut. Und jetzt das?

An Solos Telefon meldete sich niemand. Ich dachte an die Frauenstimme, die vor Wochen den Telefonhörer des Fotografen abgenommen und mich abgewimmelt hatte. Das war kurz nach der angeblichen Entführung der Straßenmalerin gewesen, von der ich aufgrund des alten Fotos glaubte, daß sie Solos frühreifes Engelchen war.

Ich beschloß, Solos Wohnung zu beobachten.

»Dann viel Erfolg«, sagte Jansen trocken, als ich ihn von meinem Plan unterrichtet hatte. »Hoffentlich finden wir dich nicht irgendwo mit eingeschlagenem Schädel – weil Solo seinen Fotoapparat auf deinem Dickschädel zertrümmert hat.«

»Er würde wahrscheinlich auf Notwehr plädieren«, mutmaßte ich. »Bei dem, was ich mit ihm vorhabe, wird ihm das jeder Richter glauben. Der Mann hat mich nach Strich und Faden ausgetrickst – mißbraucht, instrumentalisiert und ausgenutzt. Wenn ich nur wüßte, warum?«

Wunden und Träume

Solo wohnte in einer unauffälligen Gegend, die durch Schlichtbauten der Fünfziger und hundertjährige Gründerzeitbuden geprägt war. Er hatte mir erzählt, daß es sich für ihn nicht lohne, eine teure Wohnung zu mieten, da er die meiste Zeit im Jahr sowieso im Ausland auf Motivjagd war.

Die Räume lagen im dritten Stock eines Mietshauses, das in einem aufregenden Mittelgrau verputzt war. Während an den meisten Fenstern voluminöse Rüschengardinen mit raffinierten Raffungen Wohnlichkeit vermitteln sollten, gab es an Solos Fenstern sachlich weiße Leichtmetall-Jalousetten, die dicht geschlossen waren. Es sah ganz danach aus, daß der Vogel mal wieder ausgeflogen war.

Unschlüssig saß ich in meinem Auto und beobachtete die Hausfront. Lange würde ich die Glotzerei auf das traurige Grau nicht durchhalten. In Fernsehkrimis kamen die Verdächtigen immer gerade dann des Weges, wenn der Detektiv die Hoffnung schon fast aufgegeben hatte. Aber dies war kein Film. In einer Stunde würde es außerdem dunkel sein, die wenigen Autos, die an mir vorbeifuhren, hatten bereits ihre Scheinwerfer angeschaltet.

Im Haus gegenüber gingen ebenfalls Lampen an. Da! Hinter den Jalousetten in Solos Behausung schimmerte Licht. Ich prüfte, ob es der Schein der Straßenlaterne sein konnte, der sich im Glas widerspiegelte – nein, unmöglich. Mein Jagdinstinkt erwachte.

Dreißig Meter hinter mir hatte ich eine Telefonzelle bemerkt. Ich sprintete hin und wählte Solos Telefonnummer. Niemand hob ab. Der Besucher in der Wohnung wollte also ungestört sein. Als ich meinen Beobachtungsposten wieder erreichte, hatte sich der Lichtschein hinter den Lamellen des Rollos noch verstärkt.

Ich schloß mein Auto ab und ging zum Haus. Die Namensschilder neben den Klingelknöpfen waren zum Teil unleserlich. Solos Name schien zu fehlen. Energisch legte ich den Zeigefinger auf den mittleren Knopf und drückte. Nach eine Weile summte der Türöffner, und ich war drin.

Eine Etage über mir knarrte eine Tür, eine Stimme fragte: »Wer ist da?« Ich drückte mich an die Wand und antwortete nicht. Dann hörte ich ein ärgerliches Gebrumm, die Wohnungstür klappte wieder zu.

Ich wartete noch eine Weile, drückte den Lichtknopf und schlich die Treppe hinauf.

Solos Wohnungseingang war nicht zu verkennen. Während sich bei den anderen Mietern Blumenkränze, Kokosmatten mit dem Schriftzug *Welcome* oder selbstgetöpferte Namensschilder an oder rund um die Tür tummelten, hatte Solo ein Poster von der Skyline von New York neben den Eingang geklebt. Ein Namensschild gab es nicht.

Vorsichtig legte ich mein Ohr an die Tür und glaubte, im Inneren leise Musik zu hören. Als ich klingelte, erstarb die Musik.

Ich horchte angestrengt. Da waren vorsichtige Schritte hinter der Tür, schleichend, wie die einer Katze.

Ich klingelte erneut, diesmal etwas heftiger.

»Wer ist da?« fragte eine leise Frauenstimme.

»Eine Freundin. Lassen Sie mich bitte hinein!«

Keine Reaktion.

»Mustafa schickt mich. Ich soll nach Ihnen sehen.«

»Sie lügen!« Die Stimme war kräftiger geworden, das Mißtrauen in ihr nicht zu überhören.

»Sie sind Lena Pirelli«, versuchte ich es weiter, »Ihr Bruder heißt Leon. Mustafa nennt Sie ›Engelchen‹. Sie drei kennen sich noch aus der Kindheit.«

Es folgte eine kleine Pause. »Wie heißen Sie?« fragte die Frau.

»Ich bin Maria Grappa. Ich habe Ihrem Bruder geholfen, als die Polizei ihn gesucht hat. Also – lassen Sie mich rein. Ich muß mit Ihnen reden. Sie haben nichts zu befürchten.«

Nach einer Weile wurde von innen ein Schlüssel herumgedreht, und die Tür öffnete sich. Ich trat sofort vor.

Der Flur war eng und halbdunkel. Die Gestalt, die jetzt voran ins Licht des Zimmers schritt, war klein und zierlich. Sie trug einen langen, dünnen weiten Folklorerock aus Baumwollstoff und eine romantische Bluse – ähnlich wie die, auf der Tabibis Blut geklebt hatte. Das Haar war goldblond, durchgelockt und fiel den Rücken hinab bis zur Taille.

Im Wohnzimmer brannten jede Menge Kerzen. Sie waren überall verteilt, manche standen in Haltern, die meisten waren mit Wachs einfach auf die spärlichen Möbel geklebt worden.

Wenn eine Kerze umfällt, fackelt die Bude ab, dachte ich.

Lena Pirelli hatte sich ins Sofa fallen lassen, die Beine angezogen und sich in eine Ecke gekauert. Sie schien zu frieren.

»Hier, nehmen Sie das!« Ich hatte eine Häkelstola auf der Sofalehne entdeckt. Sie griff danach, schlug sie um die Schultern und nahm ihre Kauerstellung wieder ein.

Mit der stimmt was nicht, dachte ich.

»Sie sind genauso schön, wie Mustafa Sie beschrieben

hat«, stellte ich fest. Die Stirn der jungen Frau war breit und hoch, die Augen standen weit auseinander, die Lippen waren voll und schmollten, die Haut war rein und etwas durchsichtig. Das Kerzenlicht verschleierte den Ausdruck ihrer Augen, die halb geschlossen schienen.

»Mir geht es nicht gut«, sagte Lena entschuldigend. »Ich habe zu viele Tabletten genommen.«

»Tabletten? Was für Tabletten?«

Sie brauchte nicht zu antworten, denn ich fand sie direkt vor uns auf dem Couchtisch. Es handelte sich um ein Antidepressivum.

»Wer gibt Ihnen die Pillen?«

»Mustafa. Er mag nicht, wenn ich traurig bin.«

Er setzt sie unter Drogen, der Schweinehund, zürnte ich innerlich.

»Jetzt sind Sie aber traurig«, stellte ich fest. »Warum?«

»Leon ist nicht da. Ich vermisse ihn. Mustafa geht oft weg. Ich bin allein – immer allein.«

»Wo ist Mustafa?«

»Er kommt morgen zurück. Nach dem Gebet.«

»Welches Gebet? Wo geht er hin?«

»In die große Moschee.«

Lena begann ein Lied zu summen. Sie wiegte den Kopf hin und her und schien mich nicht mehr wahrzunehmen.

Ich stand auf und schaute mich in der Wohnung um. Überall Kerzenwachs, unverantwortlich von Solo, dieses verstörte Mädchen mit Feuer hantieren zu lassen.

Ich dachte an Kossmanns Erzählung. Leon und Lena Pirelli hatten damals das berühmte Geigerpaar aus der Ukraine gemimt, um ihm die wertlose Geige anzudrehen. Damals mußte Lena noch besser drauf gewesen sein als heute.

Im Schlafzimmer stand ein ungemachtes Doppelbett. Er schläft mit ihr, dachte ich, hoffentlich macht sie's freiwillig und nutzt er ihre Lage nicht aus. Wenn doch, wäre das noch ein Grund mehr, ihn fertig zu machen.

Ich hörte ein Geräusch hinter mir. Erschrocken schnellte ich herum.

Lena stand vor mir und klagte: »Ich bin so müde.« Es klang, als sei sie ein Kleinkind.

»Dann kommen Sie!« In einem plötzlichen Anfall von Pflegetrieb schüttelte ich das Bettzeug auf und zog das Kopfkissen zurecht.

»Haben Sie ein Nachthemd?«

Sie schaute sich im Zimmer um.

»Da ist es ja.«

Lena begann sich auszukleiden, was keine langwierige Sache war. Unter Bluse und Rock war sie nackt. Ich hielt ihr das Nachthemd hin. Als sie sich in das Teil hineinwinden wollte, bemerkte ich eine großflächige Verunstaltung, die unter dem Busen begann und bis zum Bauchnabel reichte. Es sah aus wie eine Brandwunde.

»Diese Narben«, sagte ich. »War das ein Feuer?«

»Ja ... Feuer. Es hat sehr weh getan«, murmelte Lena und versuchte, die Fläche mit den Händen zu bedecken. Ihre Stimme wurde immer kleiner, die Lider fielen über die Augäpfel. »Schrecklich weh.«

Plötzlich liefen Tränen über ihr Gesicht.

»Es ist doch vorbei.« Ich legte den Arm um ihre Schultern. Sie weinte stärker, der schmale Oberkörper bebte.

»Nicht weinen«, bat ich gerührt. »Es wird alles gut. Und jetzt schlafen Sie.« Ich führte sie zum Bett, sie legte sich hinein, nahm sofort die Embryohaltung ein und machte die Augen zu. Ich deckte sie zu, schloß die Tür und schlenderte zum Wohnzimmer.

Es hätte keinen Sinn gehabt, mir das verstörte Mädchen richtig vorzuknöpfen. Grappa, dachte ich, früher wäre dir das nicht passiert, da hast du auf Recherche keine Gnade gekannt.

Ich fand einen Lichtschalter. Dann blies ich die Kerzen aus. Es waren so viele, daß mir der Qualm einen Hustenanfall bescherte. Ich öffnete ein Fenster. Dann begann ich mit der Durchsuchung der Wohnung.

Überall lagen Lenas Werke herum. Sie zeichnete wirklich gut. Die Porträts fertigte sie ja nur an, um Geld zu verdienen, doch ihre anderen Werke hatten etwas Besonderes. Sie waren gegenständlich, zeigten wirre, unwirkliche Szenen, die aus Träumen zu stammen schienen. Die Figuren trugen die Gesichtszüge von Leon, Solo und Lena. Sie standen in einem fast leeren Raum, der merkwürdig flach wirkte. In der Rückwand war ein Fenster eingelassen, das weit offen war. Dahinter türmte sich ein verschlungener Urwald auf, satt grün mit verschlungenen Lianen, an denen farbenprächtige Blüten hingen. Zwei andere Gesichter tauchten in diesem Dschungel auf, sie zeigten Lena und Leon im Alter von etwa vierzig. Solo fehlte.

Leider verstehe ich mich nicht auf psychologische Bildinterpretationen. Ich guckte und guckte, doch mir fiel nichts auf, was mir bei der Lösung des Falles hätte weiterhelfen können.

In den Schubladen fand ich auch nichts Besonderes, ich durchsuchte die Schränke, achtete auf große Taschen und Koffer, in denen vier Millionen Mark Platz gehabt hätten – vergebens.

Im Bad waren lediglich die nötigsten Toiletten-Utensilien abgestellt worden, die mir keine weiteren Erkenntniss bescherten. Es wurde Zeit zu verschwinden. Die Türklinke schon in der Hand stieß ich mit dem Fuß gegen einen kleinen Mülleimer, der neben dem Türrahmen stand. Ich trat auf den Hebel, und der Deckel öffnete sich. Auch nichts Tolles. Klopapierpappen, eine leere Zahnpastatube und ... eine leere Pillen-Schachtel. *Antabus* – las ich. Ein Beipackzettel fehlte. Der Name sagte mir gar nichts.

Ich steckte die Schachtel trotzdem ein, öffnete leise die Tür zu Lenas Schlafzimmer, hörte ihren Atem, der gleichmäßig ging, und verließ die Wohnung.

Ich war ebenfalls reif fürs Bett. Unterwegs hielt ich an einer Schnell-Pizzeria und bestellte eine kleine *Carciofini*. Sie war knackig und frisch. Dazu ein Glas *Frascati*. Er war wässerig und zu warm.

Ich griff nach einer Bild-Zeitung vom Tage, die auf dem Tresen herumlag. *28 Jahre genörgelt – Mann zersägte Ehefrau* stand auf der Seite Eins.

Er hat sich gerächt, schoß es mir durch den Kopf. Der Schlüssel zu allem war RACHE!

Es war bereits Mitternacht, als ich zu Hause eintrudelte. *Nach dem Gebet*, hatte Lena gesagt, da käme Solo zurück. Und das war morgen mittag, am Freitag.

Kaffee, Wasser, Schwefel

Das Freitagsgebet in der Moschee begann gegen zwei. Zeit genug, vorher in der Redaktion mit Jansen zu reden. Ich mußte ihm unbedingt erzählen, daß ich Lena Pirelli aufgestöbert hatte – jene Frau, die von der Polizei wegen Mordes und Erpressung gesucht wurde.

Jansen war schon da, als ich gegen zehn Uhr das Verlagshaus betrat.

»Hallo, Grappa«, begrüßte er mich. »Ich hatte eine verdammt miese Nacht. Kaum geschlafen. Kannst du für uns einen Kaffee kochen?«

»Hast du noch immer nicht gelernt, wie das geht?« blaffte ich. »Hier!« Ich drückte ihm die Glaskanne in den Bauch. »Hol wenigstens Wasser! Das ist die farblose Flüssigkeit, die aus dem silberfarbenen länglichen Ding in der Küche fließt.«

»Du meinst die Wasserhenne!« Ächzend erhob sich Jansen und trollte sich. Er scheint wieder Probleme mit der Wirbelsäule zu haben, dachte ich. Jahrzehntelanges Verbeugen vor Verleger, Anzeigenkunden, Politikern und anderen Nasen hinterließ halt seine Spuren.

Schweigend reichte mir Jansen die mit Wasser gefüllte Kaffeekanne. Ich legte noch ein Löffelchen mehr Kaffeepulver in den Filter als gewöhnlich und stellte das Ding an.

»Ich muß dringend mit dir was besprechen«, kündigte ich an. »Ich weiß nicht mehr weiter.«

»Ich auch nicht«, sagte er. »Die Polizei glaubt, daß du mit den Erpressern gemeinsame Sache machst. Du mußt damit rechnen, daß du beobachtet wirst. Sie haben dein Telefon bestimmt schon angezapft.«

»Ach!« Mehr fiel mir im Moment nicht ein.

»Die Sache sieht nicht rosig für dich aus«, fuhr er fort. »Du mußt damit rechnen, daß die Verlagsleitung dich vom Dienst suspendiert.«

»Und warum?«

»Sie glauben, daß du weißt, wo sich Leon und Lena Pirelli

aufhalten. Es gibt eine Notiz von Klima in den Akten, daß dich Leon in seinem Beisein angerufen hat. So was nennt man Beteiligung an einer Straftat, Unterschlagung von Beweisen oder gar Komplizenschaft. Es ist außerdem nur eine Frage der Zeit, wann Solo zur Fahndung ausgeschrieben wird. Sie halten ihn für den Drahtzieher des Coups.«

»Der Anrufer war Nik«, stellte ich richtig. »Und mit Solo – da könnten die Bullen Recht haben.«

»Und weiter?«

»Was – weiter?«

»Steckst du mit denen unter einer Decke?«

»So ein Quatsch!« rief ich empört. »Ich recherchiere eine Story – weiter nichts. Daß ich dabei Kontakt zu Verdächtigen bekomme, ist doch nur sonnenklar!«

»Wo ist das Geld?« wollte Jansen wissen.

»Jetzt reicht's aber!« meinte ich fassungslos. »Wenn ich ein Drittel von vier Millionen hätte, wäre ich bestimmt heute morgen nicht hier aufgetaucht, um für dich Kaffee zu kochen. Da kenne ich nettere Orte, um die Erpresserkohle zu verbraten – das kannst du mir glauben.«

»Kann ich das wirklich?« zweifelte Jansen.

»Peter!« Ich fixierte ihn direkt.

»Du redest zu wenig mit mir«, beklagte er sich.

»Ein guter Jäger ist einsam!«

»Du hast aber auch für alles eine theatralische Floskel auf Lager.« Wenigstens grinste Jansen wieder.

»Also Vertrauen oder nicht?« setzte ich nach.

»Vertrauen. Also – welche Neuigkeiten hast du?«

»Ich hab ein paar echte Knaller auf Lager. Aber vorab – ist die Redaktion verwanzt?«

»Nicht, daß ich wüßte. So schnell gibt kein Richter die Genehmigung zu so einer Aktion. Immerhin herrscht in diesem Land Pressefreiheit. Oder hab ich irgendeine Gesetzesänderung verpaßt?«

»Mir ist auch nichts Gegenteiliges bekannt. Ich hol uns den Kaffee, und dann geht's los.«

Ein paar Minuten später erzählte ich, daß ich Lena Pirelli, jene verstörte Frau, in Solos Wohnung entdeckt hatte, daß ich auf der Spur von Solo, dem Kopf des Trios, war.

»Hast du nach dem Geld gesucht?« fragte Jansen.

»Sicher. Aber da war nichts. Das einzige, was ich gefunden habe, ist diese leere Pillenschachtel. Sie lag im Bad – im Abfalleimer.«

Ich kramte die Packung aus der Tasche.

»*Antabus*«, sagte Jansen aufgeregt. »Das gibt es doch nicht!«

»Was meinst du?« Ich verstand nicht.

»*Antabus* ist eine Pille, mit der Alkoholsucht bekämpft wird«, erklärte Jansen. »Ich hab sie auch mal eine Zeitlang genommen. Ein Teufelszeug. Wenn der Schnaps dich nicht fertig macht, dann tut's *Antabus*.«

»Solo hat Alkoholprobleme – und zwar nicht zu knapp. Er wird die Pillen genommen haben, damit er bei seinen kriminellen Aktionen einen klaren Kopf behält. Wie wirkt das Zeug denn?«

»Es handelt sich um eine hochdosierte Schwefelverbindung, die im Zusammenwirken mit Alkohol schreckliches Herzrasen – bis hin zum Infarkt – verursacht. *Antabus* muß vorsichtig dosiert werden, und ärztliche Aufsicht ist unbedingt notwendig, damit kein Unglück passiert.«

»Solo scheint die Sache aber im Griff zu haben, er lebt ja noch«, stellte ich fest. »In ein paar Stunden werde ich mich davon überzeugen können.«

»Solo lebt noch, das ist richtig«, wiederholte Jansen. »Aber Klima ist tot.«

»Ich weiß. Und weiter?«

»Augenblick. Das wirst du gleich begreifen.« Jansen ging zu seinem Schreibtisch und kam mit einem Blatt Papier zurück, das er mir reichte.

Es war eine Pressemitteilung der Staatsanwaltschaft, die das Obduktionsergebnis der Leiche von Dr. Hasso Klima enthielt. Klima war – wie bereits vermutet – nicht an dem Gift des Stachelrochens, sondern an einem Herzinfarkt gestorben. In den inneren Organen waren hohe Schwefelkonzentrationen festgestellt und im Blut ein hoher Promillegehalt entdeckt worden. Die Pathologen machten ein Medikament namens *Antabus* dafür verantwortlich. Zur Zeit würde überprüft, ob der tote Oberstaatsanwalt dieses Mittel regelmäßig eingenommen und welcher Arzt es ihm verschrieben habe.

»Dann war es doch Mord«, rief ich aus. »Solo hat ihm die Pillen eingegeben!«

»Das glaube ich jetzt auch«, stimmte mir Jansen zu.

»Aber wie hat er ihn dazu gebracht? Wie ist er in Klimas Wohnung gekommen?«

»Vielleicht hat er einfach bei ihm geklingelt, ihn gezwungen, Alkohol zu trinken, und ihm dann die Tabletten gegeben.«

»Und der Stachelrochen?«

»Was weiß denn ich? Vermutlich liegt's an seiner morbiden Phantasie.« Meine Fragerei nervte Jansen. »Das wird uns Solo irgendwann erzählen – falls dein Plan klappt, ihn zu erwischen, bevor die Bullen ihn kriegen.«

Jansen lief unaufhörlich im Zimmer auf und ab – ein Zeichen dafür, daß er versuchte, ein kompliziertes Problem in den Griff zu bekommen.

»Meinst du nicht, daß wir jetzt Hauptkommissar Brinkhoff informieren müssen?« fragte er plötzlich.

»Gib mir noch ein bißchen Zeit«, flehte ich. »Ich werde Solo schnappen. In der Moschee. Ich will die Story haben. Wenn er erst festgenommen ist, kommen wir nicht mehr an ihn heran.«

»Die schnappen ihn bestimmt vorher«, mutmaßte Jansen. »Sie müssen nur noch rauskriegen, wo er wohnt. Im Gegensatz zu dir weiß die Polizei das nicht. Er ist in Bierstadt nicht gemeldet.«

»Also schweigen wir zunächst?« Ich mußte wirklich sicher sein, bevor ich mich in die Moschee begab.

»Meinetwegen«, brummte Jansen. »Wir beide werden zwar einen Kopf kürzer gemacht, wenn die Sache schief geht und es vielleicht noch einen Toten gibt. Oder wenn die drei sich mit dem Geld aus dem Staub machen – auf Nimmerwiedersehen.«

»Danke!«

»Dank mir nicht«, seufzte er. »Bring die Sache zu Ende. Und zwar zügig. Ich komme langsam in das Alter, wo ich mich nach Ruhe sehne.«

»Da geht es dir so wie mir«, log ich. »Nichts ist schöner als ein beschaulicher Arbeitstag in der Redaktion, in dem der Bericht über eine Jubilarehrung der SPD oder die Umsetzung der Baumschutzsatzung im Stadtteil zu den Höhepunkten des journalistischen Schaffens zählen. Wo sind sie nur hin – die ruhigen Tage?«

»Noch so eine Bemerkung«, grinste Jansen, »und ich rufe die Bullen, damit sie dich mir vom Halse schaffen. Dann kannst du in einer Gefängniszelle zu dir selbst finden. Du hast Zeit bis heute abend, 18 Uhr. Wenn ich bis dahin nichts von dir gehört habe, hetze ich dir ein Sondereinsatzkommando hinterher. Ist das klar?«

Frauen, Kekse, Socken

Die Moschee lag in der Kielstraße in einem Wohngebiet mit Kleingewerbe. Das Gebäude gehörte der Katholischen Kirche, die es für einen gesalzenen Mietzins an die Konkurrenz abgegeben hatte. Aus dem Fenster in der oberen Etage hing die türkische Flagge – Halbmond und Stern auf grellrotem Untergrund.

Ich hatte darauf geachtet, daß mich niemand verfolgen konnte. Mein Auto stand ein paar Straßen weiter geparkt – vor einem persischen Obstladen. Hier war ich durch den Hinterausgang entwischt, der Weg über den Hof führte geradewegs in eine kleine Straße, die wiederum einen Zugang zum Moscheegelände hatte.

Über die Treppe gelangte man zu einem breiten Portal, durch das bereits Gläubige ins Innere des Hauses strömten. Nur Männer, kleine Jungen und ab und zu ein kleines Mädchen an der Hand des Vaters. Ich mischte mich ins Gewühl und war drin.

Rechts ein kleiner Lebensmittelladen, links ein Tapeziertisch mit allerhand Schriften und Flugblättern, manche in Türkisch, andere mit arabischen Schriftzeichen versehen. Ich tat so, als würde ich das Frischwarenangebot des Ladens einer ausführlichen Prüfung unterziehen, und behielt den Eingang Auge.

Ein dummes Unterfangen, denn Solo konnte genauso gut schon vor mir gekommen sein. Ich verließ den Laden und folgte den Männern, die vermutlich Richtung Gebetsraum gingen.

Auf der linken Seite sah ich einen Waschraum, dessen Tür geöffnet war. Ein paar Männer, manche mit nackten Beinen und Füßen, wuschen sich in einem länglichen Becken, über dem etwa zwanzig Wasserhähne angebracht waren. Einer der Männer sah hoch, erblickte mich und erstarrte. Dann brüllte er etwas Unfreundliches. Die anderen Muslime hoben alle zugleich die Köpfe und blickten mich an. Ein fürchterliches Geschrei ging los, vor Schreck trat ich ein paar Schritte zurück.

»Was wollen Sie hier?« fragte eine Stimme hinter mir. Ich fuhr herum. Ein komplett angezogener junger Mann stand da, noch war seine Miene freundlich. »Ich bin der Vorsitzende des Türkischen Kulturvereins. Mein Name ist Ismet Kücük.«

»Und ich bin Journalistin«, sagte ich und zog meinen Presseausweis hervor. »Meine Name ist Maria Grappa. Ich mache eine Reportage über das Frauenbild im Islam am Beispiel Bierstadt. Doch leider scheine ich hier die einzige Frau in diesem Haus zu sein. Dürfen die Frauen in Ihrer Religion nicht am Freitagsgebet teilnehmen?«

»Wie kommen Sie auf sowas? Frauen haben ihren eigenen Gebetstag. Am Freitagsgebet dürfen sie auch teilnehmen – in der oberen Etage.«

»Interessant!« heuchelte ich, ohne die Männer, die inzwischen in größeren Gruppen an mir vorbeizogen, aus den Augen zu lassen. Es würde fast unmöglich sein, Solo in diesen Männertrauben zu entdecken.

»Oben auf der Empore gibt es Vorhänge, hinter denen die Frauen dem Gebet des Iman folgen können.«

»Warum Vorhänge?« Noch war kein Solo in Sicht.

»Damit die Männer die Frauen nicht sehen können – und umgekehrt. So ist tiefe Andacht auf beiden Seiten gewährleistet.«

»Sie sprechen gut deutsch«, lobte ich meinen Gesprächspartner. »Sind Sie in Deutschland aufgewachsen?«

»Natürlich«, antwortete Kücük. »Darf ich Sie jetzt auf die Empore begleiten?«

»Einen Moment noch«, sagte ich. Ich mußte Zeit gewinnen, denn von der ersten Etage aus würde ich Solo nie finden. »Wollen Sie mir wirklich erzählen, daß im Islam Männer und Frauen gleichgestellt sind?«

»Keineswegs. Die Natur und der Koran wollen keine vollkommene Gleichheit zwischen den beiden Geschlechtern, sondern eine Teilung der Aufgaben und Handlungen. Es ist nicht der Mann, der das Kind gebiert, und nicht die Frau, die befruchtet! Die Frau hat eine zartere körperliche Veranlagung, die sich auch im geringeren Gewicht ihres Gehirns und ihrer Knochen zeigt.«

»Tatsächlich?« Ich blickte den schmächtigen Kücük an, der mir gerade bis zur Schulter reichte.

»Der Mann ist stärker als die Frau«, fuhr er ungerührt fort. »Er hat die größere Kraft und ist deshalb besser geeignet, die schwierigen Anforderungen des Lebens zu bewältigen.«

»Ja, sicher«, murmelte ich abwesend. Meine Aufmerksamkeit wurde von zwei Männern gefangen genommen, die gerade das Portal durchschritten. Es waren Mamoud Tabibi und Mustafa »Solo« Rotberg!

»Kommen Sie jetzt bitte!« Kücük hatte meinen Arm genommen. Die bösen Blicke, die die Gläubigen mir zollten, hatten ihn wohl nervös gemacht.

»Moment«, sagte ich. »Ich habe gerade zwei Bekannte gesehen!«

Schnurstracks marschierte ich auf das Duo zu. Solo lächelte, als er mich sah.

»Grappa«, sagte er. »Was machst du denn in der Bruthöhle der Frauenunterdrückung?«

»Ich suche dich«, antwortete ich. Dann wandte ich mich Mamoud Tabibi zu. »Ich glaube, ich weiß, wer der Mörder Ihres Vaters ist.«

»Vielleicht können wir nach dem Gebet darüber reden«, meinte Solo schnell. »Du störst die Andacht, liebe Grappa!«

»Ich bin nicht deine liebe Grappa«, widersprach ich. »Nicht mehr, seitdem ich gestern in deiner Wohnung war.«

»Ach ja ...?« dehnte Solo.

»Ich habe Engelchen gesprochen.«

»So?«

»Es war nicht schwer, sie zu übertölpeln!«

»Hast du der Polizei gesagt, daß ...« Er sprach nicht weiter.

»Noch nicht«, sagte ich wahrheitsgemäß. »Ihr Zustand läßt es sehr unwahrscheinlich erscheinen, daß sie aktiv an den Morden und der Erpressung beteiligt war. Ganz im Gegensatz zu dir.«

»Welche Morde?« Tabibi junior hatte diese Frage gestellt.

»An Kossmann und Oberstaatsanwalt Klima. Und vielleicht an Ihrem Vater.«

»Grappa, du bist wahnsinnig geworden«, behauptete Solo. »Was erzählst du nur für einen Mist? Du kommst mit deiner Story nicht weiter und versuchst, mir diese Verbrechen in die Schuhe zu schieben.«

»Ich habe die Schachtel *Antabus* in deiner Wohnung gefunden.«

»Und? Vielleicht hat Klima das Zeug auch genommen.«

»Wie kommst du auf Klima?«

»Ich habe mir den Obduktionsbefund besorgt«, bekundete er.

»Wollen Sie bleiben oder gehen?« mischte sich der Vorsitzende des türkischen Kulturvereins wieder ein.

»Ich bleibe«, sagte ich bestimmt. Und zu Solo gewandt: »Nach dem Gebet reden wir zwei. Und zwar Tacheles!«

Solos Blick verschleierte sich. Schweißperlen standen auf seiner Stirn.

Kücük und ich stiegen hinter Tabibi und Solo eine Treppe hinauf, an deren Stirnseite ein riesiges Regal mit numerierten Fächern stand. Mein Führer bat mich, meine Schuhe auszuziehen. Ich stellte sie ins Fach mit der Nummer 311. Tabibi und Solo hatten ihre Treter in die Fächer mit den Nummern 303 und 306 gestellt. Beide bogen kurz vor mir nach rechts ab, um in den großen Gebetsraum zu gelangen. Kücük und ich gingen nach links zu einer zweiten Treppe, die in den Gebetsraum für Frauen führen sollte. Doch auch hier oben sah ich nur Männer.

»Wo sind die Frauen?« fragte ich.

»Wenn die Männer unten keinen Platz mehr haben, gehen sie hier oben hin«, erklärte Kücük. »Die Frauen begeben sich dann in einen dritten Raum, in den das Gebet per Lautsprecher übertragen wird.«

»Ich bleibe aber jetzt hier«, kündigte ich an.

»Ist in Ordnung«, sagte er. »Bleiben Sie aber hinter dem Vorhang und zeigen Sie sich nicht. Sie dürfen auch nicht in den Gebetsraum schauen.«

»Ist ja gut.« Langsam gingen mir seine Verhaltensmaßregeln auf die Nerven.

Der Raum war mit Teppichboden ausgelegt. Die Wände zierten arabische Motive. Die Männer saßen auf ihren Knien, viele von ihnen hatten die Augen geschlossen. Drei kleine Mädchen knusperten in einer Ecke Kekse und beäugten mich neugierig. Ich winkte ihnen zu und setzte mich im Schneidersitz auf den Fußboden.

Ein alter Mann, auf dem Kopf eine gehäkelte weiße Kappe, begann zu schimpfen. Es schien mir zu gelten. Ich stellte mich stur und beachtete ihn nicht. Die Mädchen kicherten, ich kniff ihnen ein Auge zu. Nach ein paar Augenblicken hatte sich der Mann wieder beruhigt.

Im Gebetsraum unter uns begann der Vorbeter mit seinem monotonen Gesang. Ich rutschte ein bißchen zum Geländer der Empore hin, hier war der Vorhang ein wenig geöffnet. Mindestens fünfhundert Gläubige knieten dort unten, viele hatten weiße Mützchen auf dem Kopf, die Handflächen nach oben gestreckt, sie waren voller Andacht und Selbstversunkenheit.

Jetzt begann der Iman mit seiner Predigt. Ich verstand kein Wort, doch jede Sequenz endete mit dem gemeinsamen Spruch der Gemeinde *Allah aqu ba*. Es klang genauso gottergeben und endgültig wie das ›Amen‹ in christlichen Kirchen.

Der Gesang ging mir gewaltig auf die Ohren. Ich schloß die Augen, um ein paar Sekunden später aufzuschrecken. Vor mir saß eines der kleinen Mädchen – in der Hand einen trockenen Keks, den es mir reichte.

Die Kleine war höchstens sechs, hatte schwarze Kohleaugen, einen roten Pullover, eine Lücke neben dem oberen Schneidezahn und eine riesige goldene Spange, die das lockige Haar zusammenhielt. Gerührt nahm ich den Keks und streichelte die Wange des Kindes. »Danke.«

Zufrieden rutschte die Kleine wieder zu ihrem Vater hin und flüsterte ihm etwas ins Ohr. Er sah zu mir und lächelte mich an. Dann drückte er seine kleine Tochter an sich und gab ihr einen Kuß.

Zwanzig Minuten später war das Gebet zu Ende. Ich rappelte mich hoch, hatte Schwierigkeiten, das Gleichgewicht zu halten, denn mein rechtes Bein war eingeschlafen.

Ich hastete hinunter zu dem Schuhregal, Solos Treter standen noch immer in Zelle 306. Ich fischte meine Pumps aus meinem Fach und stieg hinein.

Nach und nach leerte sich das Regal. Solos braune Halbschuhe waren noch immer da. Da kam Mamoud Tabibi. Solo war nicht bei ihm.

»Wo ist Mustafa?« fragte ich.

»Er wird wohl noch kommen«, antwortete der Teppichhändler. »Seine Schuhe stehen schließlich noch da.«

»Dann werde ich warten.«

Tabibi drehte ab. »Interessiert Sie meine Theorie gar nicht?« rief ich ihm nach.

»Welche Theorie haben Sie?« Es klang nicht besonders wissensdurstig.

»Ich glaube, daß Mustafa Ihren Vater umgebracht hat.«

»Glauben Sie es nur, oder können Sie es auch beweisen? Haben Sie ein Motiv entdeckt?«

Ich schwieg. Es waren wirklich nur Vermutungen, die ich im Hinblick auf den Mörder von Ali Tabibi hatte. Vor allem das Motiv fehlte. Warum sollte Solo den alten Tabibi um die Ecke gebracht haben?

»Auf Wiedersehen, Frau Grappa«, sagte Mamoud Tabibi. »Viel Glück bei Ihren Ermittlungen.«

Frustriert schaute ich in das Regal. Langsam leerte es sich. Irgendwann waren Solos Schuhe mutterseelenallein.

Er hat mich reingelegt, dachte ich, ich stehe hier wie eine Doofe und starre ein paar ausgetretene Latschen an. Er hat sich längst verpißt. Auf Socken.

Motiv in Sicht?

Es war kurz nach drei Uhr, als ich die Redaktion erreichte. Ich hatte gründlich versagt. Statt mit einem Mörder im Schlepptau kam ich mit leeren Händen. Jansen würde sauer sein.

»Nun, wo ist er?« war seine erste Frage.

»Entwischt«, gab ich zu. Erst jetzt bemerkte ich, daß Hauptkommissar Anton Brinkhoff in Jansens Zimmer saß.

»Hallo«, sagte ich lahm.

»Sie haben sich und der Polizei keinen guten Dienst erwiesen«, begann Brinkhoff mit der Strafpredigt. »Durch Ihr Schweigen wird die Fahndung immer komplizierter, und ...«

»Ich bin nicht dazu da, der Polizei Dienste zu erweisen«, griff ich ihn an. »Wenn alles geklappt hätte, würde ich Ihnen Solo jetzt präsentieren können. Ich habe also durchaus die Absicht gehabt, mit den Behörden zu kooperieren.«

»Hast du ihn wenigstens gesprochen?« versuchte Jansen die Situation zu entschärfen.

»Klar habe ich das.«

»Und weiter?«

»Er hat mehr oder weniger zugegeben, daß er Dr. Klima umgebracht hat. Ich habe ihm von der *Antabus*-Schachtel erzählt, und er wußte, daß der Oberstaatsanwalt durch die Wirkung dieser Pillen gestorben ist. Später hat er dann behauptet, das Obduktionsergebnis zu kennen.«

»Interessant«, sagte Brinkhoff. »Das Ergebnis der Obduktion ist nur an die drei örtlichen Zeitungen gefaxt worden – und zwar um neun Uhr. Er konnte es gar nicht wissen.«

»Und das Lokalradio? Vielleicht haben die es in den Morgennachrichten gebracht?«

»Das ist nicht möglich«, behauptete Brinkhoff. »Das Radio hat nichts bekommen, weil der Polizeipräsident eine Pressekonferenz geben wollte – heute um 17 Uhr. Ein Fax an die Zeitungen war unschädlich, denn die Printmedien können die Informationen nicht vor morgen früh verbreiten.«

»Na gut«, sagte ich. »Solo hat also Klima auf dem Gewissen. Haben Sie auch ein Motiv parat? Danach habe ich nämlich bisher vergeblich gesucht. Ohne Motiv keine Verurteilung – oder gilt diese Faustregel nicht mehr?«

»Das Motiv haben wir ermittelt«, verblüffte mich Brinkhoff. »Lassen Sie es sich von Ihrem Kollegen erzählen. Ich habe ihn ins Bild gesetzt. Das wär's zunächst. Ich muß mich jetzt um die Vorbereitung der Pressekonferenz kümmern. Auf Wiedersehen.«

Eine alte Geschichte

Lena Pirelli lebte mit ihren Eltern und dem Bruder Leon in einem geräumigen Einfamilienhaus. Die Gegend war gutbürgerlich, Vater Pirelli war ein erfolgreicher, freiberuflicher Werbemanager, die Mutter hatte ihren Beruf aufgegeben und lebte für Mann und Kinder. Der Familie ging es finanziell mehr als gut, Vater Pirelli hatte ein ziemliches Vermögen angehäuft.

Ein kleines Glück, mit dem alle Vier zufrieden waren. Doch dann passierte etwas, das die bürgerliche Idylle trübte: Tochter Lena war gerade vierzehn, als sie sich in einen zehn Jahre älteren Mann verliebte: Mustafa, der Sohn der libanesischen Putzfrau, die dreimal in der Woche die Hausfrau bei den groben Arbeiten entlastete. Der 24jährige blasse junge Mann, Student an der Fachhochschule für Fotodesign, war ebenfalls entflammt und erwiderte die Gefühle des Kindes, das auf dem Weg zur jungen Frau war.

Auseinander, schrie der Vater, als er von der Liaison erfuhr, ein Moslem, zu alt für meine Tochter, Sohn einer Putzfrau und überhaupt.

Lena brach zusammen, als die Eltern Mustafa vertrieben hatten. Seine Briefe wurden abgefangen und vernichtet. Vater Pirelli zog sogar vor Gericht und erwirkte einen Beschluß, der besagte, daß sich Mustafa Rotberg von Lena Pirelli ab sofort fernzuhalten habe. Ob Solo damals mit der Vierzehnjährigen geschlafen hatte, wurde nicht geklärt. Die Eltern lehnten eine gynäkologische Untersuchung ihrer

Tochter ab – vielleicht um ihr eine Zeugenaussage in einem Mißbrauchsprozeß zu ersparen. Der Vater begleitete seine Tochter täglich zur Schule und holte sie wieder ab.

Lena wurde depressiv. Psychiater wurden bemüht. Das Mädchen wandte sich von ihrem Vater ab. Bruder Leon war ihr einziger Halt und Kontakt zur Außenwelt.

Nach anderthalb Jahren ständiger psychotherapeutischer Behandlung besserte sich Lenas Seelenlage, doch richtig erholt hatte sie sich nicht. Das ehemals lebhafte Mädchen war still geworden, mied Menschen, saß oft wie erstarrt in seinem Zimmer am Fenster – einen Punkt irgendwo am Himmel fixierend. Die Eltern taten alles, um ihrer Tochter zu helfen. Erfolg stellte sich erst ein, als Lena Malunterricht in der Therapie erhielt – sie fand eine Möglichkeit, sich in Bildern auszudrücken. Alles schien wieder gut.

Am Tag nach dem sechzehnten Geburtstag sollte Leon seine Schwester ausführen. Lena wünschte sich den Besuch einer Diskothek. Die Eltern suchten die größte und exklusivste in der Gegend aus.

An diesem Abend explodierte in der Diskothek eine Bombe. Der Sprengstoff war in der Küche deponiert worden, die in der Mitte des großen Raumes lag – umgeben von der Tanzfläche. Feuer brach aus, Panik entstand, die Notausgänge waren verschlossen, die wenigen Feuerlöscher funktionierten nicht.

Ich hatte damals über den Fall gelesen: Fünfzig junge Leute starben einen qualvollen Tod.

Lena hatte Glück. Sie wurde von ihrem Bruder gerettet. Regungslos vor Angst hatte sie sich in einer Nische versteckt, während alle zu dem einzigen offenen Ausgang strömten. Diejenigen, die hinfielen, wurden totgetrampelt, andere standen in Flammen und schrien fürchterlich.

Leon fand die Schwester, riß sie vom Boden hoch, schlug ihr ins Gesicht, um die Erstarrung zu lösen. Doch das Feuer hatte Lenas Kleid bereits erfaßt. Er versuchte, die Flammen mit seiner Jacke zu ersticken. Die beiden mußten über die Körper schwer verletzter Menschen steigen, sie atmeten giftige Gase ein, doch irgendwann waren sie draußen. Leon brach erschöpft zusammen, seine Schwester wurde mit schweren Brandverletzungen in die Klinik gebracht.

»Und jetzt kommt's«, erzählte Jansen. »Rate mal, wem die Diskothek mit den verschlossenen Notausgängen gehörte?«

»Ali Tabibi«, gab ich zur Antwort.

Jansen nickte. »Der Anschlag galt ihm. Er hatte sich geweigert, Schutzgelder zu zahlen, und war irgendwelchen Gangstern mit seinen Geschäften in die Quere gekommen. Deshalb wollten sie seinen Laden in die Luft jagen.«

»Ich erinnre mich an den Prozeß«, grübelte ich. »Die Hinterbliebenen der Opfer haben ihn damals verklagt – oder irre ich mich?«

»Es gab einen Prozeß – wegen der verriegelten Notausgänge und den fehlenden Sicherheitsmaßnahmen. Doch Tabibi kam mit einer Geldstrafe davon. Der Staatsanwalt hatte ihn nur wegen fahrlässiger Körperverletzung mit Todesfolge angeklagt. Die Schadensersatzansprüche gingen auch mehr oder weniger den Bach runter. Damals wurde gemunkelt, daß Tabibi die Behörden kräftig geschmiert hat. Besonders ein bestimmter Staatsanwalt soll sich gesund gestoßen haben.«

»Dr. Hasso Klima«, murmelte ich.

»Du sagst es. Und jetzt kennst du auch Solos Motiv.«

»Der Jugendfreund räumt auf. Rache und Vergeltung. Eine archaische Geschichte. Was geschah mit Lena?«

Jansens Stimme war belegt, als er fortfuhr. »Lena mußte mehrmals operiert werden, danach wurde sie stationär in die Jugendpsychiatrische Klinik eingewiesen. Sie stellte den Kontakt zu ihrer Familie ein. Die Ärzte erkannten, daß sie sich am wohlsten fühlte, wenn sie einen Zeichenblock, eine Leinwand oder irgendein Stück Papier in der Hand hielt, auf das sie malen konnte. Die Familie brach durch die Ereignisse auseinander. Immer wieder Streitereien, die Eltern ließen ihren Frust an Leon ab. Der Vater investierte alle Kraft in seinen Job, dachte nur noch ans Geldmachen, kam kaum noch nach Hause. An einem Abend vor etwa zehn Jahren passierte der nächste Schicksalsschlag. Die Eltern waren mit dem Auto unterwegs. Der Vater saß am Steuer. Es muß wieder zum Streit gekommen sein. Auf der Autobahn drehte er den Motor hoch und fuhr mit 160 Stundenkilometern gegen einen Brückenpfeiler. Herr und Frau Pirelli waren sofort tot.«

»Schrecklich«, sagte ich. Mehr als dieses Wort fiel mir nicht ein. Die Motive für Klimas und Tabibis Tod sind also klar, dachte ich. Ein gewissenloser Angeklagter und ein geschmierter Staatsanwalt. »Warum Kossmann?« fragte ich. »Was hat er denn mit der Sache zu tun?«

»Da tappt Brinkhoff auch noch im dunkeln«, berichtete Jansen. »Er hat nur eine vage Vermutung. Die hat aber mit der Vergangenheit nichts zu tun.«

Ich überlegte. »Kossmann erkannte Leon Pirelli bei der Geldübergabe im S-Bahnhof und hätte ihn später als Erpresser identifizieren können.«

»Könnte sein.«

»Es paßt irgendwie nicht. Leon kann niemanden qualvoll mit einer Plastiktüte ersticken. Schließlich kenne ich den Jungen ein bißchen. Er gehört zu den Weichspülern. Außerdem – warum sollte er Geige spielen, während sein Opfer erstickt und er genau weiß, daß die Polizei den Funksprechverkehr live mithört? Nein, das paßt überhaupt nicht zusammen. Mir kommt es so vor, als habe jemand den Verdacht absichtlich auf Leon gelenkt.«

»Wie auch immer«, sagte Jansen, »alles weitere soll die Polizei klären. Sicher ist nur, daß Solo nicht der Mörder von Kossmann sein kann – er hat uns zwei als Zeugen dafür.«

Aufgewühlt strapazierte ich meine Gehirnwindungen. In dieser Story waren entschieden zu viele Gefühle, zu viele Fragen und immer noch zu wenig Fakten.

»Ich fahre zu Solos Wohnung«, kündigte ich an. »Vielleicht ist Lena noch da. Ich würde sie gern aus allem raushalten. Sie tut mir leid.«

»Das kannst du dir sparen«, meinte Jansen. »Die Polizei war schon da. Brinkhoff hat nur eine leere Wohnung voll von abgebrannten Kerzen gefunden, in der jemand ausgesprochen hastig ein paar Sachen eingepackt hat.«

»Dann haben die drei das Geld geholt und sind getürmt!« rief ich.

»Mensch, Grappa! Das klingt gerade so, als ob du dich freust. Immerhin sind drei Menschen über die Klinge gesprungen ... und es gab eine Millionenerpressung. Sind das für dich nur Peanuts?«

»Natürlich nicht«, sagte ich schnell. »Mord ist eine scheußliche Angelegenheit und zudem noch streng verboten. Und Erpressung ist auch keine schöne Sache. Aber mein Herz schlägt halt immer für die, die vom Schicksal gebeutelt werden. Wie viele Zeilen kriege ich?«

Die Freiheit des Mörders

Noch nie war mir eine so komplizierte Geschichte schneller aus der Feder geflossen. Ich schwelgte in blumigen Worten, erfand romantische Begriffe, schilderte in tränenreichen Nachempfindungen die herzzerreißende Ballade einer hingebungsvollen Liebe, die keine Erfüllung finden durfte und deshalb in tödlicher Rache ihr Schicksal fand.

Das einzig Unschöne an der Story waren die drei Morde und die Millionenerpressung. Man kann eben nicht alles im Leben haben, dachte ich.

Irgendwann – ich hämmerte noch immer auf die Tasten meines Computers – dämmerte mir etwas. Anfangs war's nur ein kleiner elektrischer Schlag, der mein Großhirn streifte und wieder verschwand wie ein Blitz. Nach ein paar Minuten Konzentration hatte ich den Zipfel wieder gepackt.

Was – zum Teufel – war mit dem Vermögen der Eltern passiert? Leon und Lena lebten seit Jahren von der Hand in den Mund, sich mühsam durch Geigenspiel und Straßenmalerei über Wasser haltend.

Der Unfall der Eltern war ungefähr vor zehn Jahren passiert. In dieser Zeit mußte das Geschwisterpaar das Erbe durchgebracht haben – oder etwas anderes war geschehen.

Der Grund für Solos Rache an Tabibi und Klima lag in der Vergangenheit – dort würde ich vielleicht auch das Motiv für Kossmanns Tod finden. Und Thilo May, der Flughafenchef, stand ebenfalls noch auf Solos Todesliste – fast hätte ich ihn vergessen.

Kossmann hatte auf ausdrücklichen Wunsch der Erpresser das Geld überbracht – damit er ermordet werden konnte. Doch was hatte May mit all dem zu tun? Ich hatte den Mann in meinen Recherchen völlig vernachlässigt. Die einzige Verbindung zu den anderen war die Mitgliedschaft im *Sunshine-Club e. V.*, jener merkwürdigen Mischung aus Samariterbund, Talentförderung und Lotteriespiel.

Ich schrieb den Artikel zu Ende, speicherte ihn ab und verschickte ihn per Tastendruck auf Jansens Schreibtisch mit der Bitte, ihn unbedingt gegenzulesen.

Dann rief ich beim Amtsgericht an und bat die Angestellte, mir den Vereinsregisterauszug vom *Sunshine-Club* herauszusuchen – ich würde in zehn Minuten da sein. Das hätte ich längst tun sollen, dachte ich. Hoffentlich war es nicht zu spät.

Der *Sunshine-Club* war ein sozial tätiger Verein, dessen Zweck die »Förderung sozial benachteiligter Jugendlicher und unschuldig in Not geratener Menschen« war. Vorsitzender war Thilo May – allerdings erst seit vier Wochen. Davor hatte Hasso Klima die Geschäfte geführt. Auf den ersten Blick nichts Besonderes.

Ich überflog die zahlreichen Karteikarten, in denen personelle Veränderungen nach den jeweiligen Mitgliederversammlungen vermerkt worden waren. Es war langweilig und nervend. Einer plötzlichen Eingebung folgend suchte ich die Auszüge heraus, die über zehn Jahre alt waren. Die Karten waren vom vielen Um- und Einsortieren abgegriffen, die Eintragungen waren mal mit Schreibmaschine, mal mit der Hand gemacht. *Albert Pirelli* – stand da plötzlich, Schatzmeister im Jahre 1985.

Das war's, was ich gesucht hatte. Ich schrieb die Eintragungen ab. Zwei Minuten später bretterte mein Japaner Richtung Redaktion.

»Nichts Neues«, empfing mich Jansen. »Sie suchen Solo Rotberg jetzt offiziell als dringend tatverdächtig, Klima durch die Eingabe des Mittels *Antabus* getötet zu haben. In Klimas Wohnung wurden Rotbergs Fingerabdrücke sichergestellt – sie befanden sich auch auf der Pillenschachtel, die du aus seiner Wohnung mitgebracht hast.«

»Solos Fingerabdrücke in Klimas Wohnung? Merkwürdig, daß er einen solchen Fehler gemacht hat«, wunderte ich mich. »Haben die Bullen inzwischen eine Ahnung, wo sich die Pirellis und Solo aufhalten könnten?«

»Nicht die Spur. Flughäfen und Bahnhöfe werden überwacht – das übliche Fahndungsprogramm läuft jetzt ab. Mensch, Grappa! Die Geschichte kostet mich wirklich Nerven! Wenn ich daran denke, daß wir neulich nachts zusammen mit Solo der Geldübergabe und Kossmanns Tod gelauscht haben und daß du diesen Leon Pirelli sogar beherbergt hast ... Nicht zu fassen!«

»Keep cool«, versuchte ich ihn zu beruhigen. »Bist du in der Lage, eine weitere Neuigkeit zu verkraften?«

Jansen stöhnte auf.

»Thilo May, James Kossmann und Hasso Klima sind, beziehungsweise waren, Mitglieder im *Sunshine-Club*.«

»Das ist nichts Neues ...«

»Stimmt. Doch auch Albert Pirelli, der Erzeuger von Leon und Lena, war dort engagiert. 1985 war er Schatzmeister.«

»Und?«

»Dort muß es das zweite Motiv geben. Die Pirellis waren wohlhabend – die Geschwister jedoch sind verarmt und schlagen sich auf der Straße durch. Das Geld ist auf jeden Fall futsch – und ich will wissen, warum.«

»Und wie willst du das herausbekommen?«

»Ich muß mit dem Flughafenchef reden. Er ist der einzige von den *Fantastischen Fünf*, der noch lebt – abgesehen von Solo natürlich.«

»Wenn da etwas Ungesetzliches war, wird er's dir gerade erzählen.« Jansen schien meine neueste Theorie nicht zu überzeugen.

»Ich bin fest davon überzeugt, daß Solo ihn auch umbringen will. Erst wenn May tot ist, hat er seine Mission erfüllt.«

»Du meinst, Rotberg ist noch in Bierstadt?«

»Allerdings. Solo hat nichts mehr zu verlieren, und mehr als lebenslänglich kann er sowieso nicht kriegen. Also kann er sein Ding auch ganz zu Ende führen.«

Ich läutete den Flughafen an und erfuhr, daß Thilo May auf einer Auslandsreise war, um sich neue Flugmaschinen anzuschauen. In zwei Tagen würde er zurück sein.

»Zur Zeit keine Gefahr«, teilte ich Jansen mit. »May ist auf

Geschäftsreise. Solo muß warten – genau wie wir. In zwei Tagen wird die Sache wieder spannend.«

»Das ist gut so.« Jansen rieb sich zufrieden die Hände. »So können wir die Berichterstattung besser dosieren. Lieber jeden Tag einen Artikel mit wenigen Neuigkeiten als einmal die Woche eine Bombe. Und jetzt, Grappa? Was machen wir mit dem angebrochenen Sommerabend?«

»Wie meinst du das?«

»Gerda und die Kinder sind bereits in den Ferien. Nur wegen der *Fantastischen Fünf* bin ich noch in Bierstadt geblieben.«

»Dann laß uns essen gehen«, schlug ich vor. »Ein paar gepflegte Häppchen in einem lauschigen Gartenrestaurant, in dem die Blattläuse von den Bäumen in meinen Wein fallen – beziehungsweise in dein Mineralwasser.«

Durch den Wind

Es war zwei Uhr morgens, als ich in mein Bett fiel. Jansen war standfest bei Mineralwasser und der *Light*-Form einer bekannten koffeinhaltigen Limonade geblieben, ich dagegen hatte mir nach Bratkartoffeln, sauren Gurken und Roter Grütze einige Gläschen trockenen Weins genehmigt. Wie viele war mir entfallen. Der Blick in den Spiegel sagte mir, daß es aber zu viele gewesen sein mußten. Da halfen nur zwei Aspirin, die Decke über den Kopf ziehen und hoffen, daß Magen und Hirn durchhalten.

Ich hatte mich gerade hingelegt, als das Telefon klingelte.

»Was 'n los?« lallte ich.

»Schön, daß du auch mal zu Hause bist«, sagte Nik. »Wie geht's dir, Grappa?«

»Nicht besonders«, murmelte ich wahrheitsgemäß. »Ich bin gerade erst nach Hause gekommen und schrecklich müde. Wo bist du?«

»Auf dem Flughafen in New Orleans. Hab einen kleinen Abstecher hierher gemacht. Tolle Stadt mit viel Atmosphäre. Morgen fliege ich zurück.«

»Nach Deutschland?«

»Ja. Die Ausbildung ist beendet.«

»Und? Hast du den ersten Preis gekriegt?«

Nik lachte. Es tat mir wohl. »Klar. Ich war der Beste von allen. In allen Disziplinen. Hast du etwas anderes erwartet?«

»Schön, daß du kommst. Wenn du wüßtest, was hier inzwischen los war! Da gibt es eine Menge Morde, eine Millionenerpressung durch eine Gruppe, die sich *Die Fantastischen Fünf* nennt, und der Mörder ist jemand, den ich von früher kenne ... Ich hab zuerst gedacht, er wäre es, als das Telefon klingelte.«

»Was redest du für wirres Zeug? Hast du getrunken?«

»Ein bißchen. Ich war im Biergarten.«

»Mit welchem deiner männlichen Hausgäste?«

»Nur Jansen und ich. Er mußte seinen Urlaub verschieben – wegen dieser Mordserie, von der ich eben sprach. Einer, der tot sein sollte, lebt allerdings immer noch. Und übermorgen werde ich den Täter stellen, der zweite ist mit seiner Schwester und dem Geld bestimmt schon über alle Berge ... obwohl die Polizei die Flughäfen ja überwacht.«

»Grappa! Du phantasierst!«

»Nein, tu ich nicht! Erinnerst du dich an den jungen Mann, der sich gemeldet hat, als du angerufen hast?«

»Du meinst den, der dir ein Bad eingelassen hat?«

»Genau den. Das mit dem Bad war doch nur ein Spaß für den Staatsanwalt, der inzwischen aber auch tot ist.«

»Ich verstehe«, behauptete Nik. »Und was ist mit dem, der Wasser in die Wanne gelassen hat?«

»Er hat auch mit der Sache zu tun. Aber der wirkliche Mörder ist ein Fotograf. Er hat einen iranischen Teppichhändler umgebracht. Und den Staatsanwalt. Ein Apotheker ist auch noch getötet worden. Der Mörder hat Geige gespielt, als er starb.«

Nik prustete los. »Arme Grappa! Das muß ja ein toller Abend gewesen sein! Du bist ja völlig daneben. Es wird Zeit, daß sich mal wieder jemand um dich kümmert. Psychisch und physisch.«

»Glaubst du mir etwa nicht?« Ich hatte es es endlich bemerkt.

»Kein Wort. Aber das macht nichts. Du hattest schon immer eine ziemlich lebhafte Phantasie. Ich melde mich, wenn ich wieder da bin. Und jetzt schlaf dich aus!«

Tolle Überschrift

Am nächsten Morgen wußte ich nicht mehr, ob Niks Anruf nur ein Traum gewesen war. Egal, ich hatte andere Dinge zu tun. Jansen empfing mich gut gelaunt und ausgeschlafen.

»Sei froh, daß du nichts getrunken hast«, sagte ich. »Kann ich die Rollos ein wenig runterlassen?« Die strahlende Sonne quälte meine Augen. Mein Kopf war dumpf, die Gedanken knallten gegen die Schädeldecke.

»Dein Artikel ist bei unseren Lesern gut angekommen«, plapperte Jansen. »Jede Menge Anrufe. Einige Beschwerden waren allerdings auch dabei. Wie man brutale Mörder so idealisieren kann – oder so ähnlich. Du hast aber auch auf die Tränendrüse gedrückt – mein lieber Scholli.«

Nichts von alledem focht mich an. Ich schlurfte in mein Zimmer und warf die Kaffeemaschine an. Irgendwie mußten meine Lebensgeister wieder reaktiviert werden – mit Kaffee klappte es meist.

Ich öffnete das Fenster. Zum Glück lag mein Büro nicht zur Sonnenseite, die hereinströmende Luft war eine Wohltat. Ich ließ die Arme fallen und streckte die Beine von mir. Die Gedanken tanzten jetzt wie Wasserflöhe in meinem Hirn.

Wie würde es Solo anstellen, sein letztes Opfer zu killen? Er wußte durch die Zeitung, daß nach ihm fieberhaft gesucht wurde, konnte also nicht öffentlich auftreten. Wo – zum Teufel – hatte er sich versteckt?

Mir fiel die Szene in der Moschee während des Freitaggebetes wieder ein. Solo und Mamoud Tabibi, der Sohn des ersten Opfers. Tabibi hatte dem Mörder seines Vaters blutige Rache geschworen. Hatte er wirklich keine Ahnung, daß Solo wahrscheinlich der Täter gewesen war?

Die Kaffeemaschine stöhnte. Ich rappelte mich auf. Genüßlich ließ ich das dunkle Gesöff die Kehle hinunterrinnen.

Mein Jagdinstinkt war jetzt voll aktiviert. Ich würde Solo als erste kriegen – vor der Polizei und dem rachsüchtigen Perser.

Ich griff nach dem dicken Gelben und ermittelte die Telefonnummer von Tabibis Teppichparadies. Der Junior-Chef sei nicht anwesend, bekam ich zu hören. Er habe ein paar Tage Urlaub.

Ich überlegte und wurde durchs Telefonklingeln gestört. Es war Hauptkommissar Anton Brinkhoff.

»Sie erschweren uns unsere Arbeit«, meinte er säuerlich. »Ihr Artikel vernebelt die Realitäten. Warum haben Sie Mitleid mit den Pirellis und Rotberg? Drei Morde und eine Millionenerpressung – ist das nichts?«

»Verstehen Sie mich doch«, verteidigte ich mich, »die Leute lieben solche Geschichten. Unerfüllte Liebe, verhängnisvolle Leidenschaft, schicksalhaftes Unglück und unversöhnliche Rache. Das läßt sich gut verkaufen und treibt dem Verleger Tränen des Glücks ins Kapitalistenauge. Sie dürfen die Sache nicht so eng sehen. Sagen Sie, Brinkhoff, wird Thilo May eigentlich überwacht?«

»Zur Zeit nicht. Er kommt erst morgen früh nach Bierstadt zurück.«

»Ich weiß, daß er im Ausland ist. Halten Sie ihn für gefährdet?«

»Nicht wirklich. Herr Rotberg wird ein solches Risiko nicht auf sich nehmen.«

»Also wird er nicht überwacht?«

»Wir haben Beamte abgestellt, die ihn morgen empfangen. Sonst noch Fragen?«

»Thilo May und Albert Pirelli kannten sich.«

»Der Vater der Geschwister?« Jetzt war Brinkhoff ganz Ohr.

»Genau. 1985 war Pirelli Schatzmeister im *Sunshine*-Verein. Zwei Jahre später sind er und seine Frau bei einem Unfall getötet worden.«

»Sie meinen, daß es eine Verbindung zwischen May und den Pirellis gibt, die aus dieser Zeit stammt?«

»Da bin ich sicher. Ich weiß nur noch nicht, welche. Aber es muß mit Geld zu tun haben. Viel Geld.«

»Interessant. Ich werde das sofort überprüfen lassen.«

»Gibt es eine Spur von Lena und Leon Pirelli?« Ein paar Infos konnte mir Brinkhoff im Gegenzug auch geben.

»Nein. Aber das ist nur eine Frage der Zeit. Nach ihnen wird weltweit gesucht.«

»Danke, Herr Brinkhoff. Es war nett, mit Ihnen zu plaudern. Es tut mir wirklich leid, daß Ihnen mein Artikel nicht gefällt.«

»Ist schon gut«, brummte der Hauptkommissar.

Nach Ende des Gesprächs griff ich zum *Tageblatt*. So schlimm fand ich mein Werk nun wirklich nicht.

Wenn Liebe falsche Wege geht: Unerfüllte Sehnsucht führt zu tödlicher Rache – Eine Exklusiv-Story von Maria Grappa.

Tolle Überschrift, befand ich, auf so was stehen die Kunden. Wirklich.

Ein Schnupperflug

Das Empfangskomitee für Thilo May, den Flughafenchef, erwies sich als polizeilicher Flop. Zwei der Grünröcke, die um den niedlichen Bierstädter Airport ihre Runden drehten, wurden auf einfachste Art schachmatt gesetzt. Jemand schlug sie nieder, fesselte sie mit den eigenen Handschellen, trieb sie in den Versorgungsschacht des nahegelegenen Parkhauses, kettete sie dort an ein stabiles Rohr. Um Hilfe schreien konnten sie nicht, denn der oder die Täter klebten ihnen den Mund mit Paketband zu. Unnötig zu erwähnen, daß sie ihrer Dienstwaffen beraubt wurden.

Doch das erfuhr ich erst, als ich am nächsten Morgen am Flughafen ankam. Solo hatte mich aus heiterem Himmel angerufen und mir lapidar mitgeteilt, daß er gedenke, seinen Weg weiterzugehen.

»Thilo May, nicht wahr?« hatte ich gefragt.

Solo hatte nur gelacht und den Hörer aufgelegt.

Auf dem Flughafen war bereits jede Menge Polizei angerückt. Die Polizisten hatten die flachen Abfertigungsgebäude umzingelt und die Abflughalle besetzt, die Maschinenpistolen im Anschlag. Es waren die taffen Jungs vom Sondereinsatzkommando, in grünen Tarnklamotten, mit wild entschlossener Miene und fit wie ein Rudel Turnschuhe.

Fluggäste und Besucher, die irgendeine Ähnlichkeit mit den drei Gesuchten aufwiesen, wurden gründlich gecheckt.

Jansen und der Fotograf des *Bierstädter Tageblattes* waren ebenfalls da, genau wie Hauptkommissar Brinkhoff.

»Solo hat mich angerufen«, teilte ich mit. »Er will alles zu Ende bringen.«

»Ich weiß.« Brinkhoff wunderte sich nicht weiter. »Als er Sie angerufen hat, gab ich meinen Kollegen grünes Licht.«

»Woher wissen Sie das?« fragte ich verdattert.

»Wir haben uns erlaubt, Ihr Telefon anzuzapfen«, teilte Brinkhoff mit.

»Was haben Sie?« brüllte ich.

»Regen Sie sich nicht auf«, sagte er. »Alles legal, mit richterlicher Genehmigung.«

»Ein Lauschangriff auf den Anschluß einer Journalistin?« Ich konnte mich kaum beruhigen. »Das ist ein eklatanter Verstoß gegen die Pressefreiheit. Das werde ich nicht hinnehmen!«

»Komm wieder auf den Teppich, Maria!« Jansen mischte sich ein. »Du hast die besten Kontakte zu dem Mörder-Trio. Ich kann verstehen, daß die Polizei ...«

»Du auch noch! So was nenne ich Kollegensolidarität«, blaffte ich ihn an. »Herzlichen Dank!«

Leider konnte ich meine Aggression nicht voll ausleben, weil ein Polizeibeamter auf Brinkhoff zustürzte.

»Herr Hauptkommissar! Wir haben Herrn May gefunden«, teilte der Beamte seinem Chef mit. Mit der rechten Hand deutete er ins Blau des Firmamentes über uns.

»Wo ist er? Im Himmel?« rief ich.

Doch dann sah ich, was der Beamte meinte. Ein kleines Flugzeug brummte über uns.

»Was macht May da oben?« wollte Brinkhoff wissen. »Warum hat ihn niemand gewarnt?«

»Eine Panne«, berichtete der Einsatzleiter. »May ist nicht mit dem Flugzeug gekommen, sondern mit dem Zug. Darauf waren wir nicht vorbereitet. Er kam außerdem früher, als wir erwartet hatten.«

»Und?«

»Wir konnten ihn nicht empfangen, weil wir gerade mitten in einer Einsatzbesprechung waren, und ...«

»Schöner Mist«, schimpfte Brinkhoff. »Und wieso geht der Mann sofort in die Luft?«

»Ein Flugschüler. Er hatte sich um zehn Uhr angemeldet. *Schnupperflug für Luftikusse.* Bei uns fliegt der Chef nämlich selbst«, erklärte der Mann vom Flughafen.

Ich erinnerte mich an den Werbeslogan, mit dem die Flugschule neue Kunden gewinnen wollte – das *Tageblatt* hatte den Schnupperflügen eine halbe Seite gewidmet und sie über den grünen Klee gelobt – gegen halbseitige Annoncen, versteht sich.

»Und wer ist dieser Fluggast? Geben Sie bitte einen vollständigen Bericht, Herr Kollege!« Brinkhoff war ziemlich geladen.

»Ein Mann. Er heißt Hans Schmidt.«

»Auch noch Schmidt!« stöhnte Brinkhoff. »Wie kann ich Kontakt zu May aufnehmen?«

Die Frage war an einen Mann gerichtet, der auf dem Flughafen wohl etwas zu sagen hatte.

»Wir müssen zum Tower, Herr Hauptkommissar«, näselte der Angesprochene. »Kommen Sie, der Wagen steht bereit.«

Ich warf Jansen einen Blick zu. Er nickte.

»Ich will dabei sein«, tat ich kund und heftete mich an Brinkhoffs Fersen.

»Das fehlt gerade noch«, wehrte dieser ab.

»Wenn Solo wirklich da oben ist, bin ich die einzige, die Einfluß auf ihn hat«, behauptete ich. »Er frißt mir nämlich aus der Hand!«

»Ach nee!« Brinkhoff glaubte alles – nur das nicht. »Und warum haben Sie ihm die Morde nicht ausgeredet, wenn Sie so prima mit ihm klar kommen?«

Jetzt schwieg ich besser. Wir erreichten ein grell orangefarbenes Auto mit offenem Dach. Der Motor lief bereits.

Ich konnte mich gerade noch aufschwingen, als der Fahrer auch schon startete. Es ging quer über die Landebahn zu dem Überwachungsturm am Rande des Flughafengeländes.

Er lag ein wenig erhöht. Die Tower-Besatzung sah uns kommen und drückte den Türsummer. Noch eine Wendeltreppe hinauf, und oben waren wir.

Drei junge Männer saßen an technischen Geräten und füllten irgendwelche Zettel aus. Von hier oben konnten wir die Landebahn bestens überblicken.

Brinkhoff stellte sich vor und fragte: »Wann ist May gestartet?«

»Gegen zehn Uhr. Herr May war nicht angemeldet, behauptete, den Schnupperflug vergessen zu haben. Wir gaben trotzdem Starterlaubnis – es wurde keine andere Maschine um diese Zeit erwartet.«

»Können Sie Kontakt zu May aufnehmen?«

»Natürlich. Wir haben Sprechfunkverbindung zu der Cessna. Moment!«

Der Angestellte drückte einen Knopf und sprach in ein kleines schwarzes Gerät: »Hier Bierstadt-Airport. Delta-Echo-Triple-Bravo – bitte kommen! Over!«

Wir hörten ein Rauschen. »Hier Delta-Echo-Triple-Bravo. Was gibt es? Over.«

Der Mann am Funkgerät sah Brinkhoff an.

»Fragen Sie nach dem Fluggast ... und wann die Maschine zurückkommt.«

»Wer ist Ihr Gast, Delta-Echo-Triple-Bravo? Wann planen Sie Landung? Over.«

»Das ist ja alles viel zu kompliziert. Geben Sie her!« Brinkhoff nahm das Mikro. »Hallo, Herr May. Hier spricht Hauptkommissar Brinkhoff von der Mordkommission. Geben Sie mir bitte Ihren Fluggast. Ich muß ihn sprechen.«

Es dauerte eine Weile, dann hörte ich Solos Stimme. Sie war ein bißchen verzerrt: »Was gibt es?«

»Rotberg! Ich wußte, daß Sie es sind. Was haben Sie vor?«

»Das können Sie sich doch denken. Ich bringe alles zu Ende«, hustete Solo.

»Rotberg! Ich bitte Sie. Lassen Sie den Mann zufrieden!«

»Tut mir leid«, sagte Solo. »Aber das geht nicht.«

»Solo! Was hat er dir getan?« Ich hatte mich direkt neben Brinkhoff gestellt und ins Mikro gebrüllt.

»Grappa«, drang an mein Ohr. »Du bist auch da. Ich

wußte, daß du dir den letzten Akt des Dramas nicht entgehen läßt. Ich will mit dir reden. Die sollen dir das Funkgerät geben!«

Brinkhoff nickte und reichte mir die Sprechmuschel.

»Du bist ein verdammter Saukerl«, sagte ich.

»Warum verfluchst du mich?«

»Du hast mich gnadenlos reingelegt – zusammen mit diesen Geschwistern. Es fing schon an mit der Lüge von der Wahrsagerin, die dir Engelchens Auftauchen vorausgesagt hat.«

Solo kicherte. »Es war nicht schwer, dich in die Aktion einzuspannen. Wenn du eine heiße Story witterst, läßt du gerne mal fünf gerade sein. Keine besonders professionelle Einstellung, meine Liebe!«

»Und wie professionell bist du?« gab ich zurück. »Jetzt bist du da oben in der Luft und weißt nicht, wie du wieder runter kommst.«

»Runter kommt man immer.« Solo hustete wieder.

»Richtig. Fragt sich nur, in welchem Zustand.«

Brinkhoff flüsterte: »Fragen Sie, was er mit May vor hat.«

»Warum May? Was hat er mit allem zu tun?«

Solo lachte wieder. »Eine Menge. Ich werde alle Fragen beantworten. Versprichst du mir, die Geschichte so zu schreiben, wie ich sie dir erzählen werde?«

»Sicher. Ich höre!«

»Du lagst gar nicht so falsch mit deinem Artikel«, begann er. »Tabibi mußte sterben, weil er die Notausgänge in seiner Diskothek verriegelt hatte, Klima hat dafür gebüßt, daß er sich von ihm hat bestechen lassen.«

»Klima ist durch *Antabus* gestorben. Wie hast du's bei Tabibi gemacht?«

»Er war hinter Lena her. Er sah sie, als sie vor dem Teppichladen malte. Lena hat's mir erzählt – ohne zu wissen, daß er der Mann war, der für ihre Verletzungen verantwortlich war. Damals entwarf ich meinen Plan. Es war leicht, Tabibi zu einem Treffen in meiner Wohnung zu überreden. Ich gaukelte ihm ein Schäferstündchen mit Lena vor.«

»Warum hat er gerade dir vertraut?«

»Wir waren Glaubensbrüder, gehörten beide der *Umma*, der Gemeinschaft der Moslems in aller Welt an. Er kam also – voller Vorfreude auf eine tolle Nummer. In meiner Dunkelkammer habe ich ihn gefesselt, geknebelt, ihm die Pulsadern aufgeschnitten und ihn verbluten lassen.«

»Warum diese Todesart? Und wieso gerade in der Dunkelkammer?«

»Ich fand es passend für einen Moslem«, kicherte Solo. »Die Dunkelkammer war gut dafür geeignet – es gibt es dort einen Abfluß – im Boden. So konnte das Blut abfließen, ohne die Wohnung zu versauen.«

»Und warum mußten wir gemeinsam die Leiche finden?«

»Ich brauchte Geld. Schon damals hatte ich den Plan, die Stadt zu erpressen.« Solo sprach jetzt leise – als habe er Schmerzen. Ich dachte an das Spritzbesteck, das er gewöhnlich in seinem Jackett trug.

»Warum hast du nicht das Geld genommen und bist verschwunden?« fragte ich.

»Das Geld ist mir persönlich völlig egal. Ich will einen großen Abgang. Und den kriege ich heute, darauf kannst du wetten!«

»Was meinst du mit Abgang?« Das Wort hatte mich alarmiert.

»Irgendwann muß ich wieder nach unten. Glaubst du wirklich, ich lasse mich ins Gefängnis sperren?«

»Du willst ...?«

»Ja, ich will. Zusammen mit May. Ein *Schnupperflug für Luftikusse*! Wirklich ein köstlicher Slogan.«

»Was hat dir May getan?« wiederholte ich.

»Das wirst du noch erfahren, bevor es mit uns beiden zu Ende geht«, kündigte Solo an.

Entsetzt sah ich Brinkhoff an.

»Hören Sie, Rotberg«, mischte sich der Hauptkommissar wieder in den Sprechfunkverkehr. »Wenn Sie die Maschine abstürzen lassen, bringen Sie Unschuldige in Gefahr. Sind Sie sich darüber im Klaren?«

»Glauben Sie wirklich, daß mich das interessiert?«

»Ich möchte May sprechen«, forderte Brinkhoff. »Geben Sie ihn mir.«

Ein paar Augenblicke später meldete sich der Flughafenchef: »Hier Thilo May. Helfen Sie mir! Sie haben ja gehört, was dieser Verrückte tun will.«

»May! Landen Sie sofort!«

»Das kann ich nicht«, schrie May auf. »Er sitzt mit einer Waffe neben mir. Ich habe die Wahl zwischen erschießen und abstürzen. Holen Sie mich hier irgendwie raus, Menschenskind!«

»Sie müssen landen! Tun Sie es!«

»Ich kann nicht!« brüllte May.

»Keine leichte Entscheidung, was? Sie überfordern den Mann.« Das war wieder Solo. Seine Stimme klang höchst amüsiert. Mays Angst gefiel ihm.

»Wie viele Plätze hat die Maschine?« fragte Brinkhoff den Mann vom Flughafen.

»Es ist eine Cessna 152. Nur zwei Plätze – nebeneinander. Ein kleines Übungsflugzeug zum Fliegenlernen.«

»Wieviel Treibstoff hat die Cessna noch?«

»Für die Schnupperflüge wird nicht voll aufgetankt. Es müßte bald zur Neige gehen. Vielleicht noch fünfzehn oder zwanzig Minuten.«

»Ich will Grappa wieder sprechen«, forderte Solo. »Oder willst du die Geschichte nicht bis zum Ende hören?«

»Klar will ich das.«

Brinkhoff hatte mir das Mikro wieder in die Hand gedrückt. »Beruhigen Sie ihn«, flüsterte er. »Halten Sie ihn hin. Machen Sie irgendwas, um ihn umzustimmen.«

»Solo, was hat May mit der ganzen Sache zu tun? Und was ist mit Kossmann! Warum mußte er sterben? Erzähl mir endlich die ganze Geschichte!«

»Albert Pirelli war ein wohlhabender Mann, kurz bevor er starb. Das Erbe hätte für Lena und Leons Überleben gereicht. Kossmann und May haben die beiden Geschwister um ihr Geld gebracht.«

»Und wie?«

»Erzähl du es Ihnen, May!«

»Ich bin unschuldig«, jammerte der Flughafenchef. »Pirelli hat in Warentermingeschäfte investiert. Es ging schief. Ich hatte nichts damit zu tun.«

»Lüg nicht, sonst knall ich dich sofort ab!« Wir hörten ein klatschendes Geräusch, May schrie auf. Er hatte Todesangst.

»Sehen Sie!« Der Tower-Mann deutete auf den Himmel über uns. Die Cessna verlor an Höhe, fing sich aber wieder.

»Wem gehörte die Firma, durch die Pirelli ruiniert worden ist?«

»Ich kann nichts dafür«, schrie May.

»Sag es, oder ich jage dir eine Kugel durch den Kopf!«

»Ich war nur der Gesellschafter, Kossmann war der Geschäftsführer und hatte das Sagen. Ich habe nichts damit zu tun. Glauben Sie mir doch!«

»Wer hat Kossmann umgebracht?« versuchte ich Solo abzulenken. »Du kannst es nicht gewesen sein. Du warst mit Jansen und mir in der Redaktion und hast die Geldübergabe abgehört. Wer hat es gemacht?«

»Was glaubst du, Grappa?«

»Es muß Leon gewesen sein«, stellte ich fest. »Obwohl – das Geigenspiel? Eine solch dicke Spur. Ziemlich skurril.«

»Es war nicht Leon. Er hätte sich in die Hosen gemacht. Es war Mamoud Tabibi. Ich habe ihn davon überzeugt, daß Kossmann seinen Vater umgelegt hat. Ich lieferte ihm einen Mörder, er hatte seine Rache und brachte mir die vier Millionen Mark Erpressergeld. Nicht schlecht, oder?«

»Und die Musik?«

»Nur ein Gag mit dem Kassettenrecorder. Ich wollte dir einen Gefallen tun, Grappa. Du liebst doch solche Geschichten, oder? Geigenmusik beim Sterben – da geht dir doch das Herz auf!«

»Zyniker! Warum hat Mamoud Tabibi dir geglaubt?«

»Ich habe es bei Allah und dem Propheten Mohammed geschworen. Das genügte ihm. Das erpreßte Geld hat er mir in der Moschee übergeben – beim Freitagsgebet. Deshalb konnte ich auch nicht auf dich warten, Grappa.«

»Du bist auf Socken davongeschlichen«, erinnerte ich mich. »Das war ganz schön feige. Da hätte ich dir vielleicht noch helfen können.«

»Das hättest du gemacht?« wollte Solo wissen.

Ich überlegte. »Nein«, sagte ich wahrheitsgemäß. »Ich hätte dich ausgefragt und dann ans Messer geliefert.«

»Du bist wenigstens ehrlich. Jeder ist sich selbst der Nächste.«

»Dann sind ja alle Fragen geklärt«, stellte ich fest. »Wo sind Leon und Lena?«

»In Sicherheit. Mit dem Geld.«

»Und du läßt dein Engelchen einfach so allein?«

»Ich habe keine Wahl.«

»Hilfe«, rief May plötzlich aus dem Hintergrund. »Die Treibstofflampe blinkt. Die Maschine trudelt bereits. Was soll ich tun?«

Wir blickten zum Himmel. Noch hielt sich die Cessna in der Luft, flog aber niedriger. Der Flughafen lag nah an Wohngebieten, ein Absturz hätte katastrophale Folgen.

»Der Treibstoff ist alle. Mayday, mayday!« brüllte der Pilot. »Wir stürzen ab.«

»Laß ihn landen«, schrie ich. »Bitte, Solo!«

Tatsächlich kippte die Cessna mit der Nase nach vorn ab.

»Auf Wiedersehen, Grappa«, hörte ich die Stimme des Fotografen. »Irgendwann sehen wir uns wieder – vermutlich in der Hölle. Und jetzt ist es Zeit, den Schnupperflug zu beenden.«

»Überleg es dir noch mal, du verdammtes Arschloch!«

»Im Fluchen macht dir keine so schnell Konkurrenz«, sagte Solo heiter. »Du bist ein guter Kumpel – trinkfest und ehrlich. Vielleicht manchmal ein bißchen hysterisch, störrisch und unbelehrbar. Aber immer volles Rohr – egal, was du machst. Gegen dich hat ein Nashorn ein dünnes Fell. Mach's gut, Maria, ich muß los.«

Es war das erste Mal, daß er mich bei meinem Vornamen nannte. Dann fetzte ein Knall durch die Funkleitung. Die Maschine befand sich noch immer am Himmel, schien sich sogar wieder gefangen zu haben.

»Delta-Echo-Triple-Bravo«, flehte der Flughafenmensch neben uns. »Bitte melden, bitte melden! Over.«

Die Antwort blieb aus. »Der Funkverkehr ist unterbrochen«, meinte er dann.

Die Löschzüge der Flughafenfeuerwehr fuhren an und plazierten sich an den Rand der Landebahn, flankiert von Notarzt- und Polizeiwagen.

Alle warteten auf eine Katastrophe. Die Zeit schien Pause zu machen.

Die Cessna flog eine enge Schleife und peilte die Landebahn an.

»Vorschriftsmäßig«, murmelte der Mann im Tower. »Er landet. Nicht zu fassen. Gleich setzt sie auf. Wie auf Butter.«

Ein paar Augenblicke später berührten die beiden Räder des Fahrgestells den Boden. Die Maschine rollte langsam auf der Landebahn aus.

Die allgemeine Erstarrung war vorbei. Mit großem Tatütata setzte sich die Feuerwehrflotte in Bewegung. Die Polizeiautos flitzten voran. Brinkhoff und ich spurteten hinter dem Flughafenmitarbeiter die Wendeltreppe hinunter.

Wir waren angekommen, die Cessna stand. Die Polizisten sprangen aus den Fahrzeugen, suchten hinter ihnen Dekkung – die Waffen im Anschlag.

Das weiße Flugzeug mit den schwarzen Buchstaben *D-E BBB* schien abzuwarten, was passierte. Schließlich öffnete sich langsam die Schiebetür, Thilo May trat ins Licht. Er war noch ziemlich wackelig auf den Beinen. Er klinkte die Treppe aus und kletterte hinab.

»Wo ist Rotberg?« schrie ihn Brinkhoff an.

May reagierte nicht, benahm sich aber nicht so wie einer, in dessen Rücken jemand mit einer Knarre lauert. In der Cessna blieb alles ruhig.

»Er ist da drin«, murmelte May, als er sich auf unserer Höhe befand. Er war bleich, das Haar verschwitzt, unter der Nase klebte ein wenig getrocknetes Blut. Sonst schien er in Ordnung zu sein. Zwei Sanitäter henkelten ihn unter und schleppten ihn Richtung Notarztwagen.

Ich löste mich von der Menge und stürzte ins Flugzeug. Solo lag tot im Sitz. Er hatte sich eine Pistole unters Kinn gehalten und abgedrückt. Alles war voll Blut. Es war schrecklich. Teile des Kopfes waren nicht mehr zu erkennen. Doch die Augen waren geöffnet, sie schauten in die Ferne, durchs Fenster, in den klarblauen Himmel, der nirgendwo endete.

»Mach's gut, Bruder!« flüsterte ich. »Du bist zwar ein Mörder, doch du hast die Liebe gekannt und weißt, was

Treue ist. Das ist mehr, als viele von sich behaupten können.«

Heimkehr

Zwei Stunden später konnte der Flugverkehr wieder normal ablaufen. Die Polizei hatte die Cessna wegschleppen lassen, zwecks Spurensicherung. Für Solos Leiche wurde eine Obduktion angeordnet. Mamoud Tabibi wurde wegen des Verdachts des Mordes an James Kossmann vorläufig festgenommen. Und ich brütete über meinem Artikel und feilte an jeder Formulierung. Mein Inneres war noch immer aufgewühlt. Es war gut, daß wenigstens May davongekommen war, auch wenn Solos Racheplan dadurch einen Schönheitsfehler hatte.

Der Flughafenchef war cleverer, als Solo angenommen hatte. Trotz seiner Todesangst kam May auf die Idee, Solo zu täuschen, um sein Leben zu retten. Er behauptete, keinen Treibstoff mehr zu haben und spiegelte Solo vor, daß der Absturz in ein paar Minuten bevorstünde. Er ließ die Maschine absacken und setzte den SOS-Ruf ab. Solo hatte May geglaubt.

Es war Mittag. Jansen hatte Pizza kommen lassen, doch ich konnte keinen Bissen herunterkriegen. Der Anblick im Cockpit hatte mir den Appetit für ein paar Stunden verdorben.

Tod im blauen Sommerhimmel: Mörder aus Liebe richtet sich selbst. Eine passende Überschrift. Ich hatte sie gerade über meinen Artikel getippt, als die Tür aufging.

Ein überaus ansehnlicher, braun gebrannter junger Mann stand dort. Es handelte sich bestimmt um eine Halluzination, die mein armes strapaziertes Hirn gerade geboren hatte.

Die Fata Morgana sprach: »Hallo, Grappa! Da bin ich wieder.«

»Nik! Du bist das?« hörte ich mich etwas dümmlich fragen.

»Wie schön, daß du mich noch erkennst«, meinte er. »Freust du dich gar nicht, mich zu sehen?«

»Klar freue ich mich«, behauptete ich. »Ich bin nur erstaunt, habe noch nicht mit dir gerechnet.«

»Ich habe dir doch gesagt, daß ich heute wiederkomme. Hast du's vergessen?«

Ich hatte es wirklich vergessen.

»Was ist los mit dir? Du siehst gräßlich aus.«

»Danke«, sagte ich eingeschnappt. »Du verstehst dich wirklich auf Komplimente. Wie habe ich es nur wochenlang ohne dich aushalten können?«

»Männerbesuch gab's doch genug in deiner Wohnung«, erinnerte sich Nik. Ich hatte vergessen, wie gut er aussah. »Irgendwie waren alle in eine Mordgeschichte verstrickt. Was ist eigentlich aus den Burschen geworden?« Nik ließ sich in den Besucherstuhl fallen.

»Das kann ich dir sagen. Einer hat sich mit vier Millionen Erpressergeld in Luft aufgelöst, und die beiden anderen sind tot.«

»Du bist bekannt für deine zarte Art, mit Männern umzugehen. Wie sind sie gestorben?«

»Der eine starb an Herzversagen, der andere hat sich eine Kugel in den Kopf gejagt. Zufrieden?«

»Du hast gründlich aufgeräumt«, stellte Nik Kodil fest. »Wurde Zeit, daß ich zu dir zurückkomme. Jetzt kehrt wieder bürgerliche Ruhe ein.«

»Ich bin dir so dankbar«, säuselte ich. »Ich kann viel Entspannung gebrauchen. Bist du eigentlich sicher, daß du den Kontakt mit mir überlebst?«

»Noch besteht Hoffnung. Kannst du heute eher Schluß machen? Ich habe Lust zu kochen. Der Ami-Fraß war das Letzte!«

»Ich komme, sobald ich kann. Bei mir oder bei dir?«

»Bei dir. Meine Wohnung ist ungemütlicher. Gibst du mir die Schlüssel?«

Ich kramte sie aus meiner Handtasche. »Hier, Baby! Und jetzt will ich einen Kuß!«

Nik erfüllte meine Forderung.

»Sehe ich wirklich so schlimm aus?«

Er schaute mich prüfend an. »Ach, Grappa! Was ist Schönheit? Nur ein Geschenk für einige wenige Jahre.«

»Nun sag schon!« forderte ich. Auf einen Schicksalsschlag mehr oder weniger kam es nicht mehr an.

»Du hast ein paar graue Haare mehr, die Falten um die Augen sind tiefer geworden, die Lippen sind rauh, dein Teint ist bleich, und dein Augen-Make-up ist verrutscht – so, als hättest du geweint. Hast du?«

»Hab ich. Aber es ist schon wieder vorbei.«

»Arme Grappa.«

»Lieber Nik.«

»Wie war's ohne mich?«

»Und ohne mich?«

»Langweilig«

»Schrecklich einsam.«

»Wirklich?«

»Klar.«

»Lügst du auch nicht?«

»Ich lüge nie. Nur, wenn es unbedingt sein muß.«

Entspannung

Es war, als hätte ich einen Alptraum hinter mir, von dem ich mich langsam zu erholen begann. Nik war sehr fürsorglich an diesem Abend. Ich hatte mich lange in einem heißen Luxusbad geaalt, an nichts gedacht, mich völlig fallen lassen. Nik machte Geräusche in der Küche, ein Topfklappern hier, ein leises Fluchen da, ein bißchen Gesang und Gepfeife, angereichert mit Brutzelgeräuschen, Schneebesenschlagen und Korkenploppen.

So fühlt sich Geborgenheit an, dachte ich.

Plötzlich stand er vor mir, ein Glas Weißwein in der Hand, strohgelb funkelnd im Licht der Naßzellenbeleuchtung. Ich streckte die vom Schaumbad bedeckte Hand danach aus, doch er ließ den Wein ins Badewasser laufen.

»Willkommen im Leben«, sagte er. »Und jetzt erzähl mir alles.«

Nik setzte sich auf den Badewannenrand. Ich legte den Kopf zurück, schloß die Augen und begann.

Da war die Bibliothek mit der Leiche des Teppichhändlers und der kleine Fotograf mit dem Wieselgesicht, den ich als Künstler immer geschätzt und als Mensch unterschätzt hatte.

Da waren Leon und Lena, das unglückliche Geschwisterpaar, das sich mit kleinen Betrügereien durchschlug. Nicht zu vergessen der undurchsichtige Oberstaatsanwalt mit der dunklen Vergangenheit und der Passion für Feuerfische.

Kossmann, der Unglücksrabe. Er starb, ohne zu wissen, warum. Und schließlich das Ende: Solo – mit zerschossenem Kopf in einer Cessna.

»Du hast ganz schön was erlebt«, bewertete Nik meine Erzählung. »Ich verstehe trotzdem nicht, warum dich Solo in sein Spiel miteinbezogen hat. Er hätte die Leute auch so umbringen und die Stadt erpressen können.«

»Er wollte einen großen Abgang mit viel Presse. Da war ich genau die Richtige. Immer heiß auf wilde Stories. Solo hat mein Verhalten mit in sein Spiel einkalkuliert. Und ich bin drauf reingefallen.«

»Ausgeschlafener Bursche«, fand Nik. »Schade, daß ich ihn nicht kennengelernt habe. Man trifft nicht oft einen Mann, der dich reinlegt. Alle Achtung!«

»Das klingt ja fast neidisch«, sagte ich gekränkt. »Gibst du mir das Badetuch bitte?«

»Darf ich dir den Rücken abtrocknen?«

»Endlich ein Angebot, das ich nicht ablehnen kann. Aber vorher holst du mir ein Glas Wein.«

»Sehr wohl, gnädige Frau!«

Männerträume

Mamoud Tabibi wurde einen Tag nach seiner Festnahme wieder freigelassen. Er hatte bestritten, Kossmann im U-Bahnhof mit der Plastiktüte erstickt zu haben. Sein Alibi war nicht zu erschüttern – er hatte den Abend und die Nacht im Kreise von etwa dreißig Verwandten verbracht – sie feierten den Geburtstag des ermordeten Firmengründers Ali Tabibi mit einem arabischen Festmahl. Alle Zeugen schworen bei Allah und Mohammed, seinem Propheten, daß sich Mamoud während der fraglichen Zeit nicht vom Fleck gerührt hatte.

Leon und Lena Pirelli blieben verschwunden. Solo hatte wohl dafür gesorgt, daß niemand die beiden so schnell finden würde.

Ich nahm zwei Tage Urlaub und verbrachte sie mit Nik. Er spielte mit dem Gedanken, seinen Polizeijob an den Nagel zu hängen, um Privatschnüffler zu werden.

»Du machst mit, Grappa. Wir beide machen ein Detektivbüro auf«, schwärmte er. »Mein professionelles Polizeiwissen, mein durchtrainierter Körper – gepaart mit deiner weiblichen Intuition – wir wären unschlagbar. Außerdem kannst du besser Schreibmaschine schreiben als ich – für die Ergebnisberichte, die wir an unsere Klienten schicken. Bürokram ist mir nämlich ein Greuel.«

»Du willst mich also als deine Sekretärin engagieren?« strahlte ich, während das Blut in meiner Schläfe klopfte.

»Du wärst eher eine Art Assistentin«, stellte er klar. »Mit besonders herzlichem Kontakt zum Chef.«

»Und mit Chef – da meinst du dich?«

»Sicher«, kam es selbstzufrieden. »Wen sonst?«

»Männerphantasien können etwas sehr Schönes sein und sollten aus therapeutischen Gründen auch ausgelebt werden«, meinte ich. »Aber wenn's schlimmer wird, sag Bescheid, die Nummer des Notarztes klebt am Spiegel über dem Telefon.«

»Du willst also nicht?«

»Du doch auch nicht. Nicht wirklich. Du bist bei der Polizei gut aufgehoben, da kannst du nämlich deinen Machtgelüsten frönen. Als Privatschnüffler hättest du nur eine läppische Lizenz vorzuweisen, aber keine staatlich sanktionierte Polizeimarke.«

»Du tust gerade so, als sei ich ein Pittbull.« Nik war gekränkt. »Außerdem wärst du ja noch da.«

»Als Mädchen für die Büroarbeit. Vergiß es, Süßer!«

Leider konnten wir die Sache nicht ausdiskutieren, denn das Telefon machte sich bemerkbar.

»Hier, Jansen«, sagte mein Chef. »Ich mußte dich stören. Es kam gerade eine Pressemitteilung der Polizei. Solo ist obduziert worden. Und jetzt halt dich fest! Er war todkrank, hätte keine paar Wochen mehr gelebt. Krebs im Endstadium.«

»Jetzt ist mir klar, warum er nicht abgehauen ist und sich erschossen hat.«

»Er muß starke Schmerzen gehabt haben, hat seit Monaten Morphium gespritzt.«

»Ich wußte, daß er sich Spritzen setzt. Ich dachte aber, er sei Diabetiker.«

»Nein, es war Lungenkrebs. Die Ärzte konnten nicht mehr operieren. Sie haben es ihm gesagt.«

»Schrecklich«, murmelte ich. »Nikotin ist eine schlimme, gefährliche Droge. Jetzt verstehe ich auch, warum er sein Ding so straight durchgezogen hat. Er hatte wirklich nichts mehr zu verlieren.«

Modernes Management

Wochen später. Es war Hochsommer. Der Platz, auf dem einstmals die Bibliothek gestanden hatte, war freigeräumt worden. Den Cafébetreibern rund um den Platz wurde von der Stadt erlaubt, eine »vorübergehende Außengastronomie« einzurichten.

Noch immer hatte sich kein Investor gefunden, der sich städtebaulich und sonstwie engagieren wollte. Wenigstens für den Winter gab es einen Plan, das Brachland zu nutzen. Oberbürgermeister Gregor Gottwald hatte nachgedacht. Dabei ereilte ihn eine Vision. Für vier Wochen sollte hier der größte Weihnachtsbaum der Welt entstehen – zusammengebastelt aus 1.200 Fichten, in deren Zweigen 10.000 Lämpchen glimmten. Bislang stand die größte Tanne der Welt am Rockefeller Center in New York – da wollte Bierstadt ran und schielte gleichzeitig nach einem Eintrag ins Guinness-Buch der Rekorde – wie alle Metropolen mit Minderwertigkeitskomplexen.

Doch noch brannte die Sonne und vertrieb jeden Gedanken an Schnee und Bierstädter Weihnachtsmänner. Ich schlürfte einen Eiscafé, etwa an der Stelle, an der Solo und ich die Leiche Tabibis gefunden hatten. Es war alles schon wieder so weit weg.

Mein Blick fiel auf das Teppichparadies. Die Front der Schaufenster hatte sich verändert, alles war weniger grell und überladen als früher, die signalroten Werbetafeln, die von *Top-Preisen, Umtauschrecht* und *Reduzierungen* sprachen, fehlten.

Ich bezahlte meine Zeche und näherte mich dem Teppichladen. Vor dem Eingang lagen keine Billig-Perser in Fußmattenmaß mehr, keine großbäuchigen, orientalischen Vasen mit textilen Mandelblütenzweigen standen dort, kein grellrotes Super-Sonderangebot brannte Flecken in die Pupille und verätzte die Nasenschleimhaut mit den Ausdünstungen garantierter Pflanzenfarben aus dem Bayer-Werk in Leverkusen.

Ich trat ein, verlangte Tabibi junior zu sprechen, ich sei eine alte Bekannte. Auch im Ladeninneren hatte sich viel verändert. Weniger Gold, Silber und Schillerkram, viel weniger Teppiche, die dafür besser präsentiert wurden.

Ein Angestellter führte mich ins Büro des Chefs. Mamoud Tabibi thronte auf dem Sessel seines Vaters, vor dessen goldgerahmtem Porträt. Der junge Mann begrüßte mich freundlich und wies auf einen Sessel.

»Schön, Sie zu sehen, Frau Grappa. Sie erhalten in den nächsten Tagen das versprochene Geschenk«, begann er. »Den alten Sarugh – Sie erinnern sich? Sie haben den Mörder meines Vaters gefunden. Mustafa Rotberg.«

»Ich kann keinen Teppich gebrauchen, und ich will auch keinen«, wehrte ich ab.

»Warum sind Sie dann gekommen, Frau Grappa?« fragte Mamoud Tabibi erstaunt.

»Bestimmt nicht, um den Teppich zu fordern!«

»Also – was wollen Sie?«

»Haben Sie Kossmann umgebracht? Weil Sie dachten, daß er der Mörder Ihres Vaters sei? Solo hat es behauptet – in seinen letzten Minuten.«

Mamoud Tabibi lachte. Das Lachen kam nicht zu den Augen.

»Haben Sie's getan?« setzte ich nach.

»Erwarten Sie eine Antwort darauf?«

»Nein. Aber ich sage Ihnen, wie es war. Kossmann hat Ihren Vater nicht umgebracht – das war Solo. Sie aber haben Kossmann umgebracht – um Solo einen Gefallen zu tun, denn er brauchte ein Alibi.«

»Warum sollte ich Mustafa einen solchen Gefallen tun?«

Ich dachte an den millionenschweren Teppichhandel, der von Ali Tabibi allein beherrscht worden war. Mamoud Tabibi hatte den Ehrgeiz seines Vaters geerbt, doch nicht dessen Geduld.

»Solo hatte nur einen kleinen Grund, Ihren Vater umzubringen. Verschlossene Notausgänge, unbrauchbare Feuerlöscher. Sie, Herr Tabibi, haben die meisten Vorteile von seinem Tod.«

»Warum sollte ich meinen Vater umbringen lassen?« Tabibis Stimme war freundlich, die Augen hart.

»*Eine Ära ging zu Ende* ...« zitierte ich den Werbespruch des Hauses Tabibi. »Es war die Ära, die Ihr Vater verkörpert hat. Sie wollten ans Ruder.«

»Sie sind hysterisch, Frau Grappa.«

»Solo Rotberg und Sie kannten sich seit Jahren. Als er herausbekam, daß Ihr Vater für die Toten und Verletzten in der Diskothek mitverantwortlich war, hat er mit Ihnen darüber gesprochen. Rotberg hatte nichts mehr zu verlieren – so todkrank, wie er war. Er wollte den Geschwistern Geld und ein sorgenfreies Leben verschaffen, sich vorher aber noch an allen rächen. Das haben Sie einkalkuliert. Solo bringt also Ihren Vater um, Sie bringen im Gegenzug Kossmann um, verschaffen Rotberg auf diese Weise ein bombensicheres Alibi und helfen ihm, die vier Millionen zu verstecken. Finden Sie mich noch immer hysterisch?«

»Ich beleidige nicht gern eine Dame – aber Sie sind komplett verrückt.«

»Sie helfen Rotberg nicht nur bei der Übergabe der vier Millionen, sondern sorgen auch noch dafür, daß Leon und Lena Pirelli ins Ausland flüchten können. Solo erschießt sich, Ihr Plan geht auf. Ende der Geschichte. Niemand wird jemals die Wahrheit beweisen können. Jetzt sind Sie der Vorturner im Teppichparadies. Gute Story?«

Tabibi war während meiner Erzählung aufgestanden und hatte das Porträt seines Vaters angesehen.

»Mein Vater wollte schon seit Jahren kürzer treten«, erzählte Tabibi. Er stand mit dem Rücken zu mir. »Immer wieder schob er den Plan hinaus. Ich habe oft mit ihm darüber geredet, doch er wehrte ab.«

»Deshalb haben Sie nachgeholfen?«

»Vaters Geschäftspolitik war veraltet, seine Managementkenntnisse reichten zwar für einen Teheraner Teppichbasar, doch nicht für ein Unternehmen, das viele Millionen Mark Umsatz im Jahr macht. Und dann diese Schlagzeilen! Steuerhinterziehung, Betrug ... Hausdurchsuchungen und Beschlagnahmungen in unserem Haus. Er wurde rechtskräftig verurteilt, doch er konnte nicht die Finger von den kleinen miesen Geschäften lassen. Er handelte nicht nur mit Teppichen, sondern mit allem, was aus dem Orient stammt und sich hier verkaufen läßt. Sein Führungsstil war autoritär. Seine Ära mußte wirklich ein Ende haben – verstehen Sie das nicht?«

»Sie sind ein Mörder«, faßte ich zusammen.

»Haben Sie Beweise?«

»Nein.«

»Dann sollten Sie Ihre Meinung für sich behalten«, schlug er vor, »das gilt auch für künftige Zeitungsartikel. Es ist leicht für mich, Sie und Ihre Zeitung wegen Rufschädigung bis zum Jüngsten Gericht zu verklagen. Haben Sie das verstanden, Frau Grappa?«

»Sie drohen mir?«

»Ja. Das ist eine Drohung, die Sie ernst nehmen sollten.«

Er war ein Mann mit biegsamer Moral, einer, der den Tabubruch als Hygiene für seine kulturell entwurzelte Seele riskiert hatte. Vatermord war auch im Islam eine schwere Sünde, Vergebung ausgeschlossen.

Ein bunter Gruß

Der Brief, der in meinem Briefkasten lag, trug vier bunte Briefmarken und schien weit gereist.

Liebe Frau Grappa – stand dort in kräftiger blauer Schrift – *wir wollten uns doch einmal bei Ihnen melden – in der Hoffnung, daß Sie diesen Brief vertraulich behandeln. Ich glaube, wir sind Ihnen eine Erklärung schuldig. Meine Schwester Lena und ich haben unseren Platz gefunden – besonders für Lena ist dieser Ort eine Quelle der Ruhe und Gesundheit. Aber der Reihe nach.*

Mustafa, den Sie Solo genannt haben, hat uns – Jahre nach der gemeinsam verbrachten Jugendzeit – zufällig auf der Straße erkannt. Er wunderte sich, daß es uns so schlecht ging. Lena war damals völlig verstört, sprach mit niemandem außer mit mir, war depressiv und selbstmordgefährdet. Ich dachte mir damals Spiele für sie aus, denn ich hatte bemerkt, daß sie ihren Autismus verlor, wenn sie in andere Rollen schlüpfen konnte. Ein Spiel betraf die angeblich wertvolle Geige, die wir einige Male gut verkaufen konnten. Lena spielte die Rolle der Ehefrau des Geigenvirtuosen aus der Ukraine so brillant, daß jeder auf den Betrug reinfiel.

Solo machte uns klar, daß wir nicht so weiter leben konnten. Aber – woher sollten wir Geld bekommen, nachdem uns zwei Betrüger das Erbe unserer Eltern gestohlen hatten?

Da kam uns die Idee mit der Erpressung. Solo bestand darauf, Rache an den Leuten zu üben, die unser Leben zerstört hatten. Er dachte dabei vermutlich nicht an mich, denn er liebte Lena immer noch und litt, sie so zu sehen. Zugleich wußte er, daß er wegen seiner Krebskrankheit keine gemeinsame Zukunft mit meiner Schwester planen konnte. Er sprach davon, wenigstens für uns eine Zukunft aufbauen zu wollen.

Sein erstes Opfer sollte Tabibi sein. Es erschreckte mich, mit welcher Kaltblütigkeit er den Mord an ihm ausführte. Ich habe die Leiche in der Nacht vor der Sprengung der Bibilothek zusammen mit Mustafa hinter die Absperrung geschleppt. Danach mußte ich für Sie den Augenzeugen spielen. So sollte der Mord in einem Zusammenhang mit der Erpressung gebracht werden. »Die Fantastischen Fünf« waren von Anfang an eine Fiktion, die sich in der Presse gut anhörte. Mustafa wußte, daß Sie darauf abfahren würden.

Inzwischen waren Lena und Solo wieder ein Liebespaar. Lena hing noch immer an ihm – genau wie früher. Er war ihr erster Liebhaber gewesen, und sie hatte ihn nie vergessen können.

Dann zog ich bei Ihnen ein, Frau Grappa. Es tut mir leid, Sie damals belogen zu haben, doch Solo wollte, daß ich an der Quelle sitze – dort, wo alle Informationen zusammenlaufen. Doch besonders ergiebig war der Besuch bei Ihnen nicht – eher erholsam, weil ich es mit einem normalen Menschen zu tun hatte. Als die Polizei auf mich aufmerksam wurde, türmte ich eben. Sorry.

Die vier Mio hat uns Solo in einem Koffer übergeben. Mamoud Tabibi hat ihm von Anfang an geholfen. Er organisierte unsere Flucht im Auftrag von Mustafa. Als wir uns trennten, behauptete Solo, bald nachzukommen. Ich glaubte ihm nicht, denn ich wußte, daß er nicht mehr lange zu leben hatte.

Durch seine Auslandsaufenthalte kannte Solo Ecken in der Welt, an denen uns niemand suchen würde. Hier leben wir nun – in Sonne und in sauberer Luft, umgeben von freundlichen Menschen. Das Geld wird bis an unser Ende reichen – hier ist das Leben billig. Wir erwarten außerdem ein Baby. Nein, nicht, was Sie denken. Lena ist von Solo schwanger – er lebt also in diesem Kind weiter.

Ich wünsche Ihnen alles Gute dieser Welt – und verzeihen Sie uns. Ihr Leon Pirelli.

Ich ließ die Hand mit dem Brief sinken. Nun hatte der Sohn der Putzfrau sein Mädchen doch noch gekriegt – sogar nach seinem Tod. Liebe ist halt eine unheilbare Krankheit, dachte ich. Wer an ihr leidet, will nicht genesen. Und in der Liebe gibt es Zeiten, zu denen alles möglich ist – wirklich alles.

Ausklang in Gelb

»Ich habe eine Überraschung für dich«, empfing mich Nik eines Abends.

»Ein neues Gericht oder noch was Schöneres?« fragte ich und gab ihm einen Kuß auf die Wange.

»Weder noch. Wenn ich es dir zeigen soll, mußt du die Augen schließen.«

»Meinetwegen.«

Nik nahm meinen Arm und zog mich ins Schlafzimmer. Ich dachte an unaussprechliche Dinge, die er gleich mit mir tun würde.

»Jetzt kannst du die Augen öffnen!«

Ich blinzelte und sah zunächst nichts Ungewöhnliches. Doch – da war etwas.

»Nein!« schrie ich.

Vor dem Bett lag etwas großes Gelbes auf dem Fußboden.

»Wie kommt das Teil in meine Wohnung?« Ich war bemüht, ruhig zu bleiben.

»Diese Karte lag dabei.« Nik reichte sie mir.

Ich las: *Der Tod ist ein schwarzes Kamel, das vor jedem Zelt niederkniet.*

Die Gabe eines Vatermörders, der weiß, daß die eigene Stunde auch irgendwann schlägt, dachte ich.

»Das war ganz komisch«, erzählte Nik. »Vor zwei Stunden etwa klingelte es, und ein Mann stand draußen. Er habe ein Geschenk für dich, du wüßtest schon Bescheid. Dann drückte er mir ein großes gerolltes Paket in den Arme, und weg war er. Ich wußte gar nicht, daß du auf sowas stehst. Ist dieses grelle Gelb nicht ein bißchen ... ungewöhnlich?«

»Ist es«, stimmte ich zu. »Aber schwarze Kamele ergreifen die Flucht beim Anblick solch persischer Teppiche.«

Krimis von Gabriella Wollenhaupt

Grappas Versuchung
ISBN 3-89425-034-8 DM 14,80
Der erste Krimi mit Maria Grappa
»Ein spannender Stoff, eine köstlich ironische Auseinandersetzung mit der Region.« (WDR)

Grappas Treibjagd
ISBN 3-89425-038-0 DM 14,80
Der zweite Krimi mit Maria Grappa
Reporterin Maria Grappa macht Jagd auf einen geheimnisvollen »Onkel Herbert«, der seit Jahren in Bierstadt sein Unwesen treibt.

Grappa macht Theater
ISBN 3-89425-042-9 DM 14,80
Der dritte Krimi mit Maria Grappa
Ein Theaterkritiker wird entführt und ermordet. Verdächtig sind ein Möchtegern-Intendant, der lokale Schullyriker, der zynische Kulturdezernent und die junge Schauspielerin.

Grappa dreht durch
ISBN 3-89425-046-1 DM 15,80
Der vierte Krimi mit Maria Grappa
Sprang Fernsehjournalist John Masul freiwillig vom Dach des City-Center? Maria Grappa erhält den Job des Toten. Bei TELEBOSS werden Filme nicht nur über Krötenwanderungen gedreht ...

Grappa fängt Feuer
ISBN 3-89425-050-X DM 16,80
Der fünfte Krimi mit Maria Grappa
Ist Maria Grappas griechischer Lover der raffinierte Mörder in der Bierstädter Reisegruppe, der sich so trefflich auf Mythologisches versteht?

Grappa und der Wolf
ISBN 3-89425-061-5 DM 14,80
Der sechste Krimi mit Maria Grappa
Dubiose BKA-Leute und Plutonium-Schmuggler in Bierstadt, ein Killer mit Stil, einige Allzufrühverstorbene und mittendrin Maria Grappa.

Killt Grappa!
ISBN 3-89425-066-6 DM 14,80
Der siebte Krimi mit Maria Grappa
Ein zerstückelter Schönheitschirurg, eine schwache Witwe, eine dominante Hausdame und ein umtriebiger Satanspriester ...

grafit

azwoll0996.cdr5

Krimis von Dorothee Becker

Mord verjährt nicht

ISBN 3-89425-056-9 DM 14,80

Veronika Wenger hilft ihrem Freund Donald Dack bei der Suche nach dem verschwundenen Theo de la Cour und lernt dessen Familienmitglieder kennen: das Familienoberhaupt Prof. Dr. med. Josef W. de la Cour, seine zweite Frau Grete, die spießige Tochter Ilse und die Punkie Svetlana, die mit ihrem schwulen Stiefbruder Theo das Schicksal teilt, nicht akzeptiert zu werden. Als in einer Essener Tiefgarage ein Anschlag auf sie verübt wird, ahnt Veronika Wenger, daß sie sich auf eine gefährliche Spurensuche eingelassen hat, die zu einer schrecklichen Gewißheit führt ...

»Die Figuren ... bieten einen gelungenen Querschnitt der Stadtgesellschaft.« (Gießener Anzeiger)

Der rankende Tod

ISBN 3-89425-040-2 DM 14,80

Clemens Heder stirbt auf dem Gleis der S-Bahn. Für Kommissar Schafstall gibt es am Selbstmord des Jaguar-Fahrers nicht viel herumzudeuteln. Clemens' Ex-Frau Veronika, die Ich-Erzählerin, gerät in die Rolle der Ermittlerin. Was trieb den lebenslustigen Nichtsnutz in den Selbstmord? Clemens besaß mehr Geld als ihm guttat. Aber sind Geld und reichlich Frauengeschichten Gründe zum Sterben? Die Heders hatten schon kurz vorher das Ableben eines Familienmitglieds zu beklagen.

»Die Handlung gefällt durch weitgehenden Verzicht auf rohe Gewalt, durch sympathische Figuren und durch immer neue überraschende Wendungen.« (Lexikon der Kriminalliteratur)

grafit

azdoro0796.cdr5

Krimis von Leenders/Bay/Leenders

Königsschießen

Der erste Krimi mit dem Klever K 1

ISBN 3-89425-029-1 DM 14,80

»Das feucht-fröhliche Schützenfest in einem Dorf am Niederrhein endet jäh mit dem Mord am allseits beliebten Bäcker.« (Wiesbadener Kurier)

Belsazars Ende

Der zweite Krimi mit dem Klever K 1

ISBN 3-89425-037-2 DM 15,80

Das tote Genie liebte schöne Lolitas, die Honoratioren lieben große Feste, und Astrid Steendijk liebt es spontan und intensiv.

Jenseits von Uedem

Der dritte Krimi mit dem Klever K 1

ISBN 3-89425-045-3 DM 15,80

Auf der Herrensitzung im Karneval bricht Privatdetektiv te Laak tot zusammen - Giftmord? Welche Rolle spielen die beiden abgeschlachteten Zuchthengste? Was wollte te Laak vom dubiosen Apotheker Braun? Und wohin ist das Vermögen der toten Sopranistin verschwunden? Die Spuren führen Toppe und das Klever K 1 bis hinter Uedem...

Feine Milde

Der vierte Krimi mit dem Klever K 1

ISBN 3-89425-057-7 DM 15,80

Zwei tote Säuglinge in einem Kleinlaster und ein überfahrener Kripo-Mann nahe der holländischen Grenze - kein Sommerloch für die Klever Kripo.

Clara!

Der fünfte Krimi mit dem Klever K 1

ISBN 3-89425-071-2 DM 16,80

Wasserleiche, religiöser Wahn und Toppes Wohngemeinschaft, - und alles dreht sich um Clara.

grafit

azleende0197.cdr5